KB125173

후회 방지

대화
사전

후회 방지 대화 사전

초판 1쇄 발행 2021년 3월 5일
초판 2쇄 발행 2021년 5월 5일

지은이 왕고래
펴낸이 권미경
편집 조혜정
마케팅 심지훈, 강소연, 김재영
디자인 표지 디자인규 | **본문** 마인드윙
펴낸곳 (주)웨일북
등록 2015년 10월 12일 제2015-000316호
주소 서울시 서초구 강남대로95길 9-10, 웨일빌딩 201호
전화 02-322-7187 | **팩스** 02-337-8187
메일 sea@whalebook.co.kr | **인스타그램** instagram.com/whalebooks

ISBN 979-11-90313-76-6 03800

소중한 원고를 보내주세요.
좋은 저자에게서 좋은 책이 나온다는 믿음으로, 항상 진심을 다해 구하겠습니다.

잘못된 말버릇으로
관계를 망칠까 봐
걱정될 때마다 꺼내 보는

후회 방지 대화 사전

저는 별 거 아니에요
죄송합니다
기분 나쁘게 듣지 마
널 위해 하는 말
너만 알고 있어
내가 너 정도 됐으면
네 잘못도 있어
그러든가
나는 더 그래
언젠간 이해하게 될 거야

무슨 안 좋은 일 있어?
누구 닮았어
농담이야
자고로
좋을 때다
나때는
이해했어?
내 말이 어려워?
감히
다 거기서 거기

왕고래 지음

whale books

말하기 전에 알았더라면
좋았을 것을

"기분 나쁘게 듣지 마."

말은 순간에 머물지 않는다.

"널 위해 하는 말이야."

누군가의 기억으로 남기 때문이다.

"그러게 내가 뭐랬어?"

그런 기억들이 모여 내 일상, 크게는 삶 전체에 영향을 미친다.

"난 그냥 솔직하게 말한 건데?"

어떤 말을 뱉고 사는가에 따라 삶이 달라질 수도 있는 셈이다.

"네가? 에이 설마."

때문에 우리는 나쁜 말보다 좋은 말을 하며 살아가고자 한다.

"딱 보면 알지. 다 거기서 거기야."

문제는 좋은지 나쁜지 모호한 말들이다.

굳이 표현하자면 '미운 말'이랄까.

　나쁜 말과 미운 말은 다르다.

　"네 부모가 널 이딴 식으로 키웠어?"라는 말은 나쁘다. 이미 그 의도나 방향이 드러나 있어서 별 오해가 없다. 말하는 사람도 자신이 독소 가득한 뭔가를 던졌다는 것 정도는 알 것이고 듣는 사람 역시 예외 없이 빡이 세차게 돌 것이다.

　나쁜 말은 화살과 같다. 던지는 순간 보기 좋게 명치 어딘가에 꽂히므로 관계를 작살낼 생각만 아니라면 얼마든지 조심할 수 있다. 실수로 뱉었더라도 눈에 보이기 때문에 차라리 뽑는 시도라도 할 수 있다. 그런데 같은 내용도 미운 말로 둔갑하면 상황이 조금 달라진다.

　"기분 나쁘게 듣지 마. 네 부모님은 어떤 분들이야?"

　미운 말은 바늘이다. 화살처럼 겉으로 드러나지 않고 폐부 깊숙한 곳에 들어가 박힌다. 한번 혈류를 타고 들어가버린 그것을 찾아낸다는 건 쉬운 일이 아니다. 이곳저곳에 불쾌한 흔적을 남기며 그간 쌓아둔 수백 번의 좋은 말들을 무색하게 만들기도 한다.

미운 말은 그것을 뱉는 사람은 물론 듣는 사람조차 속내를 모르고 지나칠 때가 많다. 좋은 의도를 가진 것처럼 들려서다. 듣는 입장에서는 차라리 "네 거지 같은 인생을 보고 있으면 딱히 내가 최악은 아닌 것 같아서 안심이 돼."처럼 분명하게 얘기해주면 좋으련만(그러면 들이박고 싸우기라도 하지) 인생 지저분하게 흘러가고 있는데 "널 보고 있으면 그래도 힘이 나. 넌 정말 소중한 사람이야."라며 토사물을 정성껏 나열하는 모습을 보고 있으면 묘하게 속이 뒤틀리기 시작할 것이다. 심지어 그는 이런 말을 뱉고 뿌듯한 표정까지 짓고 있다. 찝찝함은 온전히 내 몫. 환장할 노릇이다.

이 책은 미운 말들의 집합소다.

의도와 달리 독이 묻는 말들을 소개한다. 누군가에게 친히 건네려던 인사, 실패에 대한 위로, 화해를 위한 용기가 한순간에 오해로 변질되거나 예상 못한 갈등을 만들었던 경험이 있는가. 그렇다면 당신은 미운 말을 뱉은 것이다. 만나고 나면 이상하게 힘이 빠지는 지인이 있는가. 당신의 혈관에는 독소 묻은 바늘이 유영 중인 셈이다.

순서대로 읽을 필요는 없다. 목차에서 먼저 눈이 가는 표현을 골라 읽어도 좋고, 이해하기 난해한 내용들은 과감히 넘어가도 다음 단원을 읽는 데에 문제가 되지 않는다. 다만, 글의 후반부로 갈수록 가까운 관계에서 뱉게 되는 독하고 미운 말들이 주를 이루니, 순서대로 읽으면 좀 더 극적인 감정의 고양을 경험할 수 있다.

이 책의 부작용은 다음과 같다.

내가 무심코 했던 말이 상대에게 어떤 의미로 다가갔을지 깨닫고 얼굴이 붉어질지 모른다. 잘해주는 것 같은데 돌아서면 묘하게 기분 나빠지는 상대의 속내가 보여 좋았던 관계가 소원해질 수 있다.

미리 도망치건대 대단히 새로운 발견이나 묘책은 없다. 결국 이 모든 글은 소심한 개인의 시각에서 비롯됐을 뿐이다. 다만 명색이 미운 말을 다루는 책이니 나도 말을 좀 밉게 해보려고 한다. 그 꼬락서니가 얄미워 부아가 치밀어도 잘 참아내길 바란다. 언젠가 그런 말을 꺼내려고 할 때 이곳에서 느꼈던 감정들이 되살아나길 원한다.

그렇게 튀어나오던 말을 다시 삼키는 순간을 기대하며, 뜨겁게 바친다. 후회 방지 대화 사전.

나도 모르게 폴폴 풍기는

Chapter 1.

후각 편

듣다 보면 싸늘해지는

Chapter 2.

청각 편

입맛 뚝 떨구며 주먹을 부르는

Chapter 3.

미각 편

차마 두 눈 뜨고 볼 수 없는

Chapter 4.

시각 편

온몸의 털이 곤두서는

Chapter 5.
촉각 편

나도 모르게 폴폴 풍기는

Chapter 1.

후각 편

일상 대화 속 누구든 쉽게 뱉을 수 있지만
누구나 좋게 들을 순 없는 말들

무슨 안 좋은 일 있어?

웃는 얼굴에 걱정 뺄기

알람도 울리기 전에 눈이 뜨인 날이었다. 늘상 눈가에 머물던 시큼 거림도 없고, 세수를 하자 그 개운함이 배가 된다. 거울 속엔 어쩐 일인지 이목구비가 분명한 게 사람다운 얼굴이 있다. 보고 맡고 맛 보는 기능 외에 그 어떤 미적 요소도 없던 덩어리였는데, 내 것이 맞나 싶다. 평소보다 시간도 넉넉해서 옷 선택에 공을 들여본다. 사 람들이 저녁 약속 있냐고 물어보면 뭐라고 대답하지? 생기지도 않 을 일에 고민을 더하며 출근!

까닭 모를 설렘은 회사까지 이어졌다. 넘치는 의욕에 책상을 정리하고 키보드도 닦으며 개운한 기분을 유지한다. 마침 옆 자리 동료가 출근 중이다. 인사 비슷한 몇 마디가 오갔고, 대화의 공백

나도 모르게 폴폴 풍기는

이 생기자 그가 걱정스러운 낯빛을 띠우며 묻는다.

"그런데 무슨 안 좋은 일 있으세요?"

컨디션 최고다. 하지만 질문에 맞는 답은 아닌 것 같아 없던 고민이라도 만들어볼까 작은 뇌를 굴리다가 대답한다.

"오늘 평소보다 일찍 일어나서 그런가… 좀 피곤한가 봐요."

상대의 안색이나 외모를 마치 안부 인사처럼 사용하는 경우가 있다. 그것이 말 그대로 인사 또는 걱정으로 전달이 되면 좋으련만, 다른 의미를 담을 때가 더 많다.

무슨 안 좋은 일 있어?

네 얼굴 말이야. 오늘따라 보기 불편한데?

혹여 당신에게 비범한 영안靈眼이 있어, 상대의 웃는 얼굴에서 심연을 볼 수 있다고 해도, 그 말을 듣는 상대에겐 '보기에 안 좋다' 그 이상도 이하도 아니다. 상대는 그때부터 자주 거울을 들여다볼지도 모른다. 별 생각 없었는데, 왜 군이 신경 쓰이게 하지? 그는 이렇게 생각할 수도 있다. 설령 실제로 고민이 있었다고 한들 당신의 이런 말 한마디로 잊게 될지 모른다. 잠시라도 고민을 없애주니

좋은 말이라고 생각하는 건 아니겠지? 겨드랑이를 꼬집어 두통을
잊게 하는 효과와 같다.

　"어머~ 안녕하세요~ 잘 지내셨죠?"

"네, 잘 지냈습니다. 잘 지내셨어요?"

"그럼요~ 그런데 잘 못 지내신 것 같은데, 무슨 일 있는 거 아니에
요?"

"네? 아 네, 좀 바쁜 것 빼고는…."

고민을 다루기 생뚱맞은 상황에 꺼낼수록 듣는 이의 당
혹감은 더 커진다. 걱정스런 표정까지 더하면, 상대방은
이러지도 저러지도 못하고 눈만 끔뻑거리다가 "왜? 오늘
왜? 어떤데?"라는 식으로 되묻거나 궁금하지도 않은 이
유를 대기 시작할 것이다. 이따금 미팅을 갖던 거래처 직
원은 나를 만날 때마다 비슷한 타이밍에 이 말을 꺼냈다.
한 달에 한 시간 내외, 업무차 만나는 게 전부인데 그 사
람이 내 안위를 깊이 걱정하거나 궁금해할 이유는 없다.
그저 자신의 눈으로 본 누군가의 외모에 대해 딱히 뇌를
거치지 않고 인사 중 하나로 활용하는 것이다. 내가 활짝
웃고 있는 타이밍을 놓치지 않는 것을 보면, 확실히 이 표

　　　　　　　　　　　　　　　나도 모르게 폴폴 풍기는

현에 천부적인 재능이 있는 사람이다.

심화
과정 "네? 아 네, 좀 바쁜 것 빼고는…."

"아닌데~ 얼굴이 너무 안 좋아요. 괜찮은 거 맞아요?"

"어…음, 진짜 괜찮은데…."

"아냐, 아냐. 이건 무슨 일이 있는 얼굴이야. 그렇지 않고서는 이럴

수 없어! 무슨 일 있죠.?"

"…."

상대의 외모에 대해 직접적으로 표현할수록 그 수위는

높아진다.

주의
사항 이 표현은 한번 맛을 들이면 끊기 어렵다. 대화의 공백을

꽤 효과적으로 메우기 때문이다. 중독된 후에는 마치 민

망할 때 찾아오는 가려움증이나 하품처럼, 큰 의미 없이

반사적으로 사용하게 된다. 상대는 얼굴이 그 모양인 이

유를 얘기할 거고, 나는 그걸 다시 까먹는 비슷한 상황이

반복된다. 그렇게 주변은 특별한 용건 없이는 당신과 대

화하는 것을 피하기 시작할 것이다.

참고 I 만약 상대가 진심으로 걱정된다면 '보기에 안 좋다'는 의
미를 거두고 물어보는 게 안전하다.

"요즘 좀 어때? 별일 없고?"

'요즘, 최근' 등의 표현을 활용하여 시점을 넓히면 당장
지금의 상태만을 평가하는 뉘앙스가 희석되어 듣는 입장
에서 받아들이기 한결 수월해진다.

아무리 봐도 상대의 표정이나 상태가 안 좋고 고민을 꼭
들어야겠다면, 그 자체가 목적인 자리를 따로 만들자. 평
소와 달리 진솔한 맥락이니 의미가 곡해되지 않는다. 내
고민을 먼저 털어놓는 것도 자연스러운 방법. 난 이런데,
넌 어때? 고민 있어?

참고 II 굳이 상대의 안색을 대화 초반의 장치로 활용하려거든
긍정적인 방향으로 사용할 수도 있다.
"좋아 보이네? 무슨 좋은 일이라도 있어?"

나도 모르게 폴폴 풍기는

무슨 안 좋은 일 있어?

파괴력: ★☆☆☆☆
지속성: ★☆☆☆☆
습관성: ★★★☆☆

유의어: #안색이왜그래 #무슨일있지 #아냐무슨일있어야돼
대체어: #요즘좀어때 #좋아보이네

누구 닮았어

그런 말을 들을 만해

살면서 들었던 닮은꼴이 세 명 있다. 한 명은 개그맨, 한 명은 영화배우, 한 명은 정치인이다. 중간에 배우가 껴 있어서 오해의 소지가 있는데, 옆에 있는 개그맨과 거의 같은 사람이라고 보면 된다. 여하튼 들었을 때 손뼉 치며 좋아할 만큼 윤기 나는 사람들은 아니다. 당사자들에겐 미안하지만.

이런 말을 들었을 때 감정은 둘로 나뉜다. 첫째는 즐거움. 나로 인해 밝아지는 주변 분위기, 그렇게 누군가에게 한 번 더 웃을 수 있는 기회를 주었다는 점에서 내 기분도 어느 정도 고양된다.

다른 하나는 불쾌감이다. 두 감정은 결국 웃음을 주느냐 웃음거리가 되느냐의 차이인데, 그 경계를 능숙하게 오가는 건 사실 쉬

나도 모르게 폴폴 풍기는

운 일이 아니다. 가령 닮았다는 말은 즐겁게 웃어넘겼는데 1절로 끝내지 못하고 집요하게 이유를 설명하거나(결론은 그냥 못생겼다는 거잖아…) 낯선 사람들이 있는 자리에서 내 닮은꼴을 소재로 분위기를 전환시킬 때는 두 번째 감정이 더 크게 찾아오곤 한다.

둘 중 어떤 감정이든 당시의 화기애애한 분위기를 망치고 싶지 않아 웃는 얼굴을 앞세우곤 한다. 상대는 내 속마음을 알 길이 없다. 그래서인지, 아니면 딴에는 나의 닮은꼴을 찾아낸 게 뿌듯해서인지 적당한 시점에 멈추지 못하고 어색한 공기가 흐를 때까지 우려내는 경우도 많다. 그런데 닮았다는 말은 단순히 '생김새가 낫다/못하다'와는 조금 다른 의미를 담고 있다.

누구 닮았어

❶ 당신은 그것을 닮았다는 말을 듣기에 마땅하다.

이 표현에는 상대방이 그 대상과 비교되는 일이 문제없다는 전제가 깔려 있다. 예컨대 누군가의 닮은꼴로 히틀러나 골룸, 연쇄 살인마가 떠오른다면 입 밖으로 꺼내기 쉽지 않을 것이다. 그 비교 자체가 상대에 대한 모욕이란 걸 알 수 있으니 말이다. 마찬가지로, 언급을 한다는 것은 그 대상이 닮은꼴로 대조되기에 무리가 없다는 의미이기도 하다. 그리고 그 기준은 말을 뱉는 사람이 정한다. 따라서 '닮았다'라는 말은 그 대상이 멋있거나 예쁘다고 늘 듣기 좋은 게 아니다(들어보지 않아서 정확히는 모르겠으나 아마도 그럴 것이다). 이를테면 장동건의 눈을 떠올리며 닮았다 하더라도 평소 자신의 부리부리한 코가 싫었던 상대는 다르게 받아들일 수 있다. 김고은의 단아하고 신비로운 이미지를 닮았다는 의미에 상대는 평소 불만이었던 외꺼풀을 떠올릴 수 있다. 내가 보기엔 썩 닮지도 않았는데 그런 말을 하면 이 사람이 내 얼굴을 두고 아무 말이나 하나 싶어 성의 없음을 느낄 것이요, 닮았다 한들 내가 그들보다 빼어나긴 쉽지 않으니 보급형 장동건, 10미터 앞 김고은 정도의 언짢은 수식만 얻을 것이 아닌가. 심지어 닮은꼴이 불미스러운 일에라도 휘말리면 은근히 내 일처럼 기분이 상하기도 한다.

예문   "진수 씨 말이야. 말린 피망 닮은 것 같지 않아요?"

             (주변 사람들이 크게 웃으며) "어? 진짜! 무슨 말인지 알 것 같아요."

이 표현은 당사자보다 주변 사람들이 대화의 주체가 되는 경우가 더 많다. 따라서 누군가의 동의를 구하는 톤의 말들이 같이 사용되곤 한다. 이에 능숙한 자들은 닮은꼴로 사람이 아닌 특정 상태의 사물을 활용하는 창의력을 보여준다.

나도 모르게 폴폴 풍기는

"네? 제가요…? 어떤 부분이요?"

"그냥 딱 보면 닮았어. ㅋㅋ"

닮은 이유에 대해 공유하지 않는 것도 꽤나 큰 파괴력을
갖는다.

**심화
과정**   "지현 씨랑 진수 씨는 참 많이 닮은 것 같아."

지근거리에 있는 두 대상을 닮았다고 하면 일타쌍피의
효과가 있다. 이는 막연히 먼 곳에 있는 연예인이나 특정
사물에 비교됐을 때와는 또 다른 기분이 들게 한다.
아마 두 사람은 서로의 심경을 드러내는 것이 조심스러
워, "아, 그래요?, 정말?, 그런가?" 정도의 중의적인 표현
을 하며 상황을 해소하려 할 것이다. 호탕한 성격이라면
"뭐야, 왜 기분 나빠하는데?"라며 웃어넘기기도 할 것이
며, 어떤 점이 닮았느냐며 따로 물어보는 이도 있을 것이
다. 공통점은 이들 모두 가슴속 어딘가에 타격을 입었다
는 것이다. 뭐? 내가 말린 피망 녀석이랑 닮았다고?

참고   닮았다는 말에 어떤 반응을 보이든, 그 경험을 하는 모든
사람들은 일종의 위협감을 느낄 수 있다. 비교되는 대상

때문이 아니라 '닮았다'라는 말 자체의 함의 때문이다.

누구 닮았어
❷ 당신은 고유하지 않다.

완전히 같은 사람은 없다. 우리는 그렇게 남과 구분되는 고유함을 '정체성'이라고 부른다. 정체성은 '스스로를 어떻게 해석하고 설명하는가'에 따라 달라지며, 그 범위에 제한이 없다. 자신을 고유한 존재로 구분하는 근본이 된다.

정체성은 흔히 알고 있는 '성격유형'과 다르다. 성격유형은 '다양한 상황에서 일관성 있게 드러내는 행동들'을 의미한다. 따라서 전후 관계는 이렇다. 내가 스스로 정의한 정체성에 따라 특정 상황에서의 행동을 선택하고, 그런 행동들의 합을 통해 타인이 내 성격을 이해한다. 성격은 고유한 정체성을 이해하기 위해 일반화한 정보일 뿐이다.

누군가를 닮았다는 말도 일반화의 과정이다. 눈, 코, 입, 얼굴형, 분위기 등 화자가 좀 더 왜곡하여 바라보는 관점에서 그 공통점을 발견한 것이기 때문이다. 일반화된 기준을 통해 다른 존재와 비교당하는 경험은 그 자체로 개인의 정체성을 침범당하는 느낌

나도 모르게 폴폴 풍기는

이 들게 한다(엄친아와 세포 단위로 비교당하는 상황을 떠올려보면 쉽다).

도플갱어를 마주치면 죽음에 이르게 된다는 속설도 이에 해당한다. 완벽히 같은 존재를 마주친다면 자신만의 고유성을 확신할 수 없어져 극단으로 치닫게 되는 것이다. 마치 내가 진심으로 사랑하는 누군가를 다른 사람도 사랑하고 있다는 걸 알게 되었을 때의 감정과 유사하다. 그 대상이 자기 자신일 뿐.

그러니 누군가에게 닮았다는 말을 하려거든 그 사람의 가장 소중한 존재, 때에 따라서는 가족보다 더 귀한 사람에 대해 내 일반화된 기준을 들이대는 시도라는 걸 잊지 말자.

누구 닮았어

··

파괴력: ★★☆☆☆

지속성: ★★☆☆☆

습관성: ★★☆☆☆

유의어: #그런말자주듣지않아요? #어디서자주본얼굴인데

농담이야

스스로 부여하는 면책특권

나는 유머를 중요하게 생각하고 좋아한다. 유머 실력과는 별개로. 야심차게 뱉은 농담을 알아채지 못하거나 미적지근한 반응으로 다가오면 어휴, 좀 더 설명해야 하나 고민하다가 이내 그것이 농담이었음을 밝히곤 한다. 유머 감각의 높은 벽 앞에서 울적해지는 순간이다. 그래도 이 경우는 나만 기분을 정리하면 해결된다.

"얼굴이 큰 거야? 어깨가 좁은 거야?"

"그게 무슨···."

"농담이야~ ㅋ"

문제는 그것으로 인해 타인의 기분이 상했을 때다. 주변을 웃기기 위해서든 혹은 아무 생각이 없었든 누군가에 대한 적정선을

나도 모르게 폴폴 풍기는

지키지 못하고 넘어선 상황. 이때 화자는 미묘하게 틀어진 분위기를 수습하기 위해 그것이 농담이었다는 단서를 붙이곤 하는데, 당하는 입장에서는 다른 경험을 하게 된다.

농담이야

❶ 농담이 아니면 하지 말아야 할 말이라는 건 알고 있어.
❷ 그래도 농담이니까 괜찮지?

'농담이야'라는 표현에는 일종의 자체 부여 면책특권이 있다. 내가 뱉은 실언에 상대가 완전히 반응하기 전, 스스로를 평온한 위치로 옮겨두고 상황을 정리하는 것이다. 상대는 당장의 불편감을 해소하기 위해 평화로운 그곳을 들쑤셔야 하니 사소한 농담 하나도 웃어넘기지 못하는 좀생이가 되기 쉽다(혹은 분위기를 깨는 사람이 되거나). 그래서 순간 대응력이 없는 사람들은 농담으로 들을 수 없는 그 농담을 농담으로 넘겨야 할 때가 많다. 농담이니까.

예문   앞의 정의처럼 미운 말로서의 '농담이야'는 '하지 말아야 할 말'이 선행되어야 사용할 수 있다. 그렇다면 어떻게 이런 말을 구분할 수 있을까. 반응 확인법과 자가 확인법이 있다(실제로 있는 게 아니다. 그냥 그렇다는 거지).

"네 남친이 딱히 부티나는 스타일은 아니잖아?"
"야, 그게 무슨 말이야?"
"농~담이야, 농담!"

이처럼 반응 확인법은 상대방을 통해 알아채는 방법이다. 주로 일대일 대화 상황에서 유용하다. 내 말에 문제가 없다고 생각하더라도 상대의 얼굴색이 검게 저물고 있다면 하지 말았어야 할 말에 속한다.

"저번에 회식 빠지고 애인 만났다는 소문이?"
"네? 제가요?"
(주변인들) "와~ 부럽다."
"저 그날 부모님 생신이었어요."
"농담이야 농담! 애인 만날 수도 있지 뭐~"
"아 네네. 그렇다고 쳐요."
"농담인 거 알죠~?"

자가 확인법은 스스로 판단해야 하는 상황에 사용된다. 여럿이 대화하는 상황, 특히 직장이나 특정 모임 등 사회

나도 모르게 폴폴 풍기는

적인 장면에서는 누군가 내 말로 인해 기분이 상하더라도 드러내지 않을 가능성이 높다. 하지만 적어도 나는 그것이 잘못되었다는 걸 알 수 있다. 분위기에 편승해 한번 웃겨보자고 그 사람을 소재 삼았기 때문이다. 순간적으로 '아차' 하는 생각이 들었을 것이다.

**심화
과정**

"아니, 웃자고 한 말에 왜 정색하고 그래?"

방귀를 뀌었으니 이제 성만 내면 된다.

**주의
사항**

아이러니하게도 이런 파괴적 농담을 즐기는 사람들은 자신이 그 대상이 될 때는 어떻게 그런 말을 하냐고 펄쩍 뛰는 경우가 많다. 만약 누군가가 나의 가벼운 농담을 예민하게 받아들인다고 생각된다면, 나 역시 상대로부터 듣고 싶지 않은 말을 들었을 때를 떠올려보면 된다. 유치원생도 할 수 있다. 그렇게 해도 느껴지는 바가 없으면 어쩔 수 없다. 〈우리 애가 달라졌어요〉에 출연할 것.

참고

웃자고 한 말이든 아무 생각이 없었든 누군가의 기분을 상하게 했을 때는 사과를 하는 게 당연하다. 당장은 용기가 안 나서 못하더라도, 상대는 꽤 오랜 시간 그것을 안고

있을 가능성이 높다. 잊지 말고 나중에라도 사과해보는

게 어떨까.

농담이야

....

파괴력: ★★☆☆☆

지속성: ★☆☆☆☆

습관성: ★★★★☆

유의어: #웃자고한말인데 #유머감각좀키워

대체어: #기분나빴다면미안해

나도 모르게 폴폴 풍기는

자고로

이렇게 하는 것이 맞다

자고로, 책을 읽을 땐 목차와 머리말을 통해 전반적인 구조나 흐름을 먼저 파악하고 시작해야 한다. 만약 당신이 이런 순서를 건너뛴 후 읽고 있다면 앞으로 돌아가서 다시 시작하기 바란다. 그것이 자고로 저자에 대한 기본 예의다.

자고로

❶ 내가 알고 있는 이것이 옛날부터 쭉 이어져온 것이다.
❷ 예로부터 온 것이 옳은 것이니 당신도 동의 여부를 표할 것.

'자고로'는 의미를 정확히 모르고 사용하는 단어 중 하나다. 풀어 말하면 '예로부터'라고 할 수 있는데, 내포된 심리적 의미는 조금 다르다.

가장 큰 특징은 단 세 글자로 특정 상황에 대한 내 태도나 가치관을 고수한다는 점이다. 묻지도 않았는데 대답부터 할 수 있다니. 그야말로 가성비 최고의 단어가 아닌가.

그 효과는 친구 사이보다는 사회적 상황에서 더 쉽게 발현된다. 친구는 이미 나에 대해 어느 정도 알고 있으므로 이 단어의 사용으로 인한 갈등 가능성이 적고, 오히려 대화의 소재가 될 수 있다. 그러나 나에 대해 아직 잘 모르는, 어쩌면 앞으로도 알고 싶어 하지 않는 사람일 경우엔 다르다.

"자고로 탕수육은 부먹이죠."

대부분은 크게 동요하지 않는 태도를 취하는데 반응이 없다고 효과도 없는 건 아니다. 속으로는 어느 정도의 불편감을 느끼기 때문. 듣게 된 말의 동의 여부에 대한 판단의 기로에 서게 되고, 혹 생각이 다를 경우엔 자신의 말과 행동이 어딘가 어긋나 있다는 건지 고민을 안게 된다.

예문   "자고로, 젓가락은 이렇게 쥐는 게 맞죠."

'자고로'는 어떤 주제에도 연결시킬 수 있는 매우 높은 확

나도 모르게 폴폴 풍기는

장성을 갖고 있어서 사용하기 매우 쉽다. 내가 생각하는 방향의 말머리에 장식하듯 톡 붙이기만 하면 완성. 현재 상대방과 겪고 있는 모든 상황, 소소하게는 '젓가락을 쥐는 법, 신발끈의 끄트머리를 처리하는 방법'조차 이 단어를 붙이면 고유의 효력이 발생한다.

심화 과정 주제가 상대방과 밀접하게 연결될수록 자고로의 파괴력은 증가한다. 가령 "자고로, 탕수육은 부먹이죠." 정도로는 타격이 미미하나 실제로 소스를 부어버리면 얘기가 달라지는 원리와 같다. 선택의 결과가 밀접해지기 때문이다. 마찬가지로, 그 주제가 상대방의 가치관과 연결되면 파괴력의 스케일이 바뀐다. '부먹'이나 '젓가락질'과 같은 현재 상황 기반의 응용이 정전기라면, 가치관과 연결된 주제는 피카츄의 100만 볼트 전기쇼크랄까.

만약 이 글의 서두에서 '책은 자고로 순서대로 읽어야 한다'는 말은 상대적으로 수월하게 넘겼지만, '그것이 자고로 예의'라는 말에 좀 더 불편감을 느꼈다면 이러한 효과를 경험한 셈이다. 행하지 않으면 '예의 없는 사람'이 된다는 전제를 따를지 무시할지 판단해야 했기 때문이다.

가족, 종교, 정치, 연예, 결혼, 출산, 직업, 성 역할, 패션, 생활 패턴, 응원하는 야구팀, 버킷리스트, 성인이 되기 전에 할 일 등 가치관과 연결된 주제는 넘치게 많다. 이중 어느 하나도 결코 가볍지 않다. 아래의 예문을 참고하자.

"자고로 서른 넘었으면 뭐라도 해서 돈을 벌고, 장가가서 손주 안겨 드려야지. 그게 도리야."

가족, 결혼, 출산, 직업에 대한 가치관을 동시에 타격하고 있다. 실제로 후배에게 이 말을 하는 사람을 본 적이 있다. 예를 들기 위해 적었을 뿐인데도 손끝이 저리다.

주의 사항　'자고로'는 새롭고 다양한 상황에서도 내가 아는 방식을 고집하려는, 소위 꼰대적 태도를 유지하는 데 있어 가장 맛깔스러운 표현에 속한다. 따라서 한번 입에 붙으면 그런 태도와 시너지를 일으키며 환상의 짝꿍이 된다. 헌데 그만큼 주변 관계는 정체되는 것처럼 느껴질 수 있다. 어쩔 수 있나. 누군가에게 나의 고매한 인생 규칙 하나쯤 전한 것으로 만족하는 수밖에.

참고　내가 아는 정보를 공유하려는 목적으로 이 단어를 말머리에 사용하는 경우가 있는데, 잘못된 사용이다. 그런 목적이라면 "제가 알기로는"을 사용하는 것이 적절하다.

나도 모르게 폴폴 풍기는

자고로

....

파괴력: ★★☆☆☆

지속성: ★★☆☆☆

확장성: ★★★★☆

유의어: #원래 #예전부터

연관어: #난별로 #이게진리야 #미만잡

대체어: #제가알기로는

좋을 때다

feat. 아프니까 청춘

"좋을 때다~"

나이를 먹을수록 이 표현을 자꾸 뱉게 된다. 지나고 보니 대부분의 경험이 필요했고 좋았기 때문이다. 하늘이 무너지는 것 같았던 순간도, 어디론가 탈출하고 싶었던 시간들도, 지나고 보니 망울망울 그 끝이 뭉툭하게 보이다가는 이내 돌아오지 않을 시간이라는 생각으로 귀결된다.

다시 젊어질 수 있다면 그 기회를 쿨하게 거절할 수 있는 사람이 몇이나 될까. 관절에서 소리도 안 나고 갑자기 뛰어도 생각보다 오래 달릴 수 있었던 그 시절. 지금 생각하면 꽤 짓궂은 장난들도 그 자체로 웃음이 될 수 있었던 시간들. 하루는 어떤 드라마가

나도 모르게 폴폴 풍기는

너무 재미있어서 멈추지 못하고 밤새 봤다. 그리고 이어서 다시 처음부터 끝까지 봤다. 거의 잠을 안 잤는데도 그 길로 나가서 친구를 만났다. 지금은 바깥 공기에 밤바람만 살짝 섞여도 눈꺼풀이 묵직해진다나.

이토록 그리운 시절이기에, 이따금 그 시절을 겪고 있는 사람들을 보면 부러움을 감출 길이 없다. 그래서 그들의 희로애락을 보며 말한다. 좋을 때라고. 혹자는 뭔가 세상 이치를 다 깨달은 것 같은 온화한 표정으로 말하기도 하지만 결국 그 뿌리는 부러움이다. 나는 서둘러 사용해버린 젊음을 아직 갖고 있는 자에게 털어놓는 게다. 부럽다고.

좋을 때다

❶ 그 시절이 그리워. 그래서 네가 부러워.

부럽다는 속내의 말도 듣는 이의 상황에 따라 달리 해석될 수 있다. 관절의 비명이 없던 그 시절로 돌아가서, 지인의 창업을 돕기 위해 수개월간 알바생으로 지낸 적이 있다. 작은 카페였는데, 모든 시작이 그렇듯 이런저런 시도들로 부딪치고 깨지면서 어두운 시간을 보냈다. 그러던 어느 날부터 사람들의 발길이 늘기 시작하더니 하나둘 테이블이 메워졌다. 손익분기점을 처음 돌파했던 어느 날, 카페 사장이 주변 지인들을 초대했다. 카페의 성업을 축하하는 자리였고 여러 연령대의 사람들이 와서 함께 기뻐해줬다.

그중 50대 남성이 있었는데, 행복감에 젖어 어쩔 줄 모르는 우리를 보며 좋을 때라고 하더라. 당시 20대였던 나는 그의 말에 담긴 그리움과 부러움의 의미를 알아챌 수 없었다. 그저 내가 만끽하는 이 행복한 경험이 곧 끝날 거라고 예견하는 것 같았다.

좋을 때다
❷ 그 좋은 시간도 언젠간 끝날 거야.

장황하게 지난 일을 터놓은 이유는 이 말이 만드는 오해를 공유하기 위해서다. 만약 당신보다 젊은 누군가가 좋은 일을 겪고 있을 때 이 말을 하면 사방으로 뻗어나가던 그의 행복감에 '아마 머지않아 끝날 걸?'이라며 찬물을 끼얹는 꼴이 될 수 있다. 내포된 본연의 의미는 시간이 흘러 당신에 준하는 그리움이 생겨야만 알 수 있기 때문이다. 나 역시 시간이 흐른 후 그 남성이 했던 말을 이해할 수 있게 되었다. 하지만 20대의 내가 그 말을 들으며 느꼈던 감정 역시 여전히 존재한다.

나도 모르게 폴폴 풍기는

앞의 사례처럼 누군가의 좋은 소식 뒤에 이 표현을 사용하는 건 그나마 양반이다. 고통에 몸부림치는 사람에게도 이 말을 하는 고수들이 있다. 그 고난과 역경들도 다 좋은 시절의 한 장면이 될 거라는 의미다. 글쎄, 과연 그렇게 들릴까.

좋을 때다

❸ 나도 겪은 일이야. 너도 당해봐.

다시 말하지만 아직 당신의 현재에 도달해보지 못한 이들에게 '좋을 때'라는 말은 본연의 의미를 전할 수 없다. 심지어 그 말을 뱉으며 떠올리는 내 시절의 고난들, 종류도 크기도 다르지만 무엇보다 시간이 흐르며 각종 '뽀샵'과 영상 효과가 잔뜩 생겨버린 그 전설은 당신 앞에 있는 상대가 겪고 있는 고난과는 전혀 다르다.

축하가 필요한 상황엔 축하를, 위로가 필요한 상황엔 위로를. 쉽다. 부러우면 부럽다고, 그리우면 그립다고 말하면 된다. 쉽다.

참고Ⅱ   '내가 네 나이가 된다면 무슨 일이든 할 수 있다.'라고 말
한 적이 있다면, 천천히 다시 생각해보자. 돌아갈 수 없기
에 값지고, 그 시간이 있었기에 지금의 사랑하는 사람들
이 있다. 정말 이 삶을 두고 돌아갈 수 있는가.

좋을때다

· ·

파괴력: ★☆☆☆☆
지속성: ★☆☆☆☆
거리감: ★★★★☆

유의어: #그땐다그래 #아프니까청춘 #그때라도즐겨
연관어: #나때는 #언젠간알게될거야

나도 모르게 폴폴 풍기는

나 때는

Latte is a horse

포악하기로 유명한 팀에 배치되어 멘탈이 영화 속 유리창처럼 잘게 조각난 적이 있다. 굵직한 돌을 삼키는 심정으로 하루하루 버티던 어느 날, 선임 대리가 날 호출하더니 물었다. 일은 좀 할 만하냐고. 미숙한 부분이 있지만 보탬이 되기 위해 최선을 다하고 있다, 라고 모범 답안지를 냈다. 그는 어려움이 있으면 언제든 말하라고 했다. 사실 그 맹수만 득실거리는 부서에서 그는 유일하게 염소 같은 초식동물이었다. 생긴 것도.

맹수들의 표적이 되어 유독 많은 살점이 뜯겨나갔던 날, 삼키던 돌이 턱 걸리는 기분이 들었다. 이대로는 안 될 것 같아 염소 대리를 찾아갔다. 지금까지 참고 있던 어려움들을 솔직히 털어놨다.

일을 잘하고 싶은데 제대로 알려주지도 않고 왜 타박부터 하는지 모르겠다고, 담배 심부름까진 참겠는데 왜 내 돈으로 사야 하는지 알고 싶다고, 출근하지도 않은 사람이 왜 '잠시 자리를 비운 사람'이 돼야 하며, 그 거짓이 들통났을 때 화살을 맞는 사람이 왜 나인지 도저히 모르겠다고 토로했다. 그는 내 말을 천천히 들어줬다. 조금은 따스해지는 것 같았다. 그리고 마지막 말이 이어졌다.

"나 때는, 더 심했어. 지금은 진짜 많이 좋아진 거야. 잘 참아봐."

그는 자신의 말이 흡족했는지 얼굴 사방에 주름이 파이도록 웃더니 내 어깨를 툭 치고는 자리를 털고 일어났다. 몸을 감싸던 온기가 깡그리 사라졌다. 목구멍을 아슬아슬 통과하던 돌덩이가 입 밖으로 튀어나왔다.

이쯤에서 하나 알아둬야 할 게 있다. 누구나 어렵고 힘든 시기가 있겠지만, 나는 진짜 정말 대단히 무척 엄청나게 어렵고 힘든 시기를 지나왔다. 위의 일화는 약과다. 고로 당신이 힘들다고 생각하는 것들은 내 시절 그것에 비하면 별게 아니다.

실망할 필요는 없다. 당신의 후배들은 더 하찮은 것들로 힘들어할 테니 말이다. 언젠간 자기 자리에서 화장실까지 걸어가는 것조차 힘들다고 할지도 모를 판이다.

그러니 누군가 같잖은 일로 불평을 늘어놓을 때면 '나 때는'

나도 모르게 폴폴 풍기는

으로 운을 띄워라. 더 힘들었던 과거의 경험을 시작으로 말이 물 흐르듯 흘러나올 것이다. 내가 이렇게 말을 잘하는 사람이었나 싶을 정도로.

나 때는

딱 말할게. 내가 겪은 고통이 네 것보다 커.

그냥 내 시절의 이야기를 하는 건데 왜 상대의 낯빛은 점점 어두워지는 걸까. 이 단어가 지니는, 혹은 이런 류의 화법이 가지는 심리적 방향성을 이해할 필요가 있다. 단 한 명이 풀어내는 군 시절 얘기를 시작으로 그곳의 모든 군필자들이 '자신이 역사상 가장 힘든 군 생활'을 했다며 다툰다는 사실을 아는가. 왜 이런 현상이 발생할까.

이유는 간단하다. 고통의 체감 수준은 내가 겪은 경험들 사이에서만 비교할 수 있기 때문이다. 예컨대 온몸이 사방으로 분리되는 것 같은 몸살감기를 겪어본 이에게 환절기 기관지염은 가볍게 느껴질 수 있다. 큰 교통사고를 겪어본 이에게 있어 가벼운 접촉사고는 다친 사람 없으니 다행인 해프닝이 될 수 있다. 긴 시간 1일 1라면으로 취업을 준비했던 사람에게 고된 업무는 오히려 감사한 일이 되기도 한다.

제대로 걸려본 적 없는 사람에게 환절기 기관지염은 일상을 무력화하는 끔찍한 재해다. 축 처지는 몸을 어찌할 바 모르겠고, 잦은 기침으로 난생처음 복근이 생길 지경. 이 사람에게 내가 걸렸던 살인적 몸살감기에 대해 아무리 잘 묘사한다고 해도 자신의 고통 수준과 비교할 수 없다. 당장 기침할 때마다 목젖과 뱃가죽이 찢어질 뿐.

따라서 위로한답시고 이 표현을 사용하는 건 그 쓰임을 전혀 모르고 하는 짓이다. 상대는 지금의 당신이 얼마나 힘들게 이곳에 도달했는지 관심이 없다. 이 말의 역할은 오로지 내가 힘들었던 시간을 상대방에게 전달하여 고생 스웩의 우위를 점하는 것뿐이다.

예문   "작년까지는 엉망이어서 제가 참 고생을 많이 했는데, 지금은 여러모로 상황이 좋아졌죠."

사실 이 단어 자체가 이미 대중적으로 잘 알려져 있어서 등장하는 순간 바로 귀를 닫는 게 가능하다. 그래서인지 변칙적인 접근을 하는 이들이 늘고 있다. 신규 사업이나 프로젝트에 대한 논의가 진행될 때, 또는 새로운 직원이 입사하여 업무에 대한 소개를 할 때 이와 같이 사용되는 식이다.

나도 모르게 폴폴 풍기는

'나 때는'만 달달 외우고 있던 상대방은 제대로 방비도 못 하고 그가 쏟아붓는 비를 맞게 된다.

심화 과정   이 단어가 가장 강력한 파워를 뿜어내는 타이밍은 글 서 두의 경험담처럼 누군가가 위로를 청할 때다. 상대의 말 이 끝나갈 때쯤 운을 띄우며 더 어려웠던 시절의 고충을 공유하는 것이다. 이런 상황에 놓인 사람은 입만 살짝 벌 린 채 멍한 표정으로 그 무용담을 듣게 된다. 실제로 '듣 고' 있을지는 미지수.

주의 사항   한번 이 단어를 들은 사람은 앞으로 당신에게 고민을 내 비치지 않을 것이다. 뭐, 그 역시 편리하다면 말리진 않겠 다만.

참고   더 힘들었던 경험으로 위로하고 싶다면, '나 때는'보다 '그때도'가 낫다. 상대방이 전에 겪었던 경험을 활용하는 것이다. 그가 이전에 겪었던 경험이 얼마나 이겨내기 어 려운 일이었는지 부각하며 그 가치를 높일 수 있다. "너 니까 이겨낸 거야. 그때도."

나 때는

....

파괴력: ★★☆☆☆

지속성: ★★☆☆☆

거리감: ★★★★★

유의어: #그건아무것도아니야 #유난떨지마

연관어: #좋을때다 #그게어려워?

반의어: #그때도 #너니까 #더어려운일도이겨냈잖아

나도 모르게 폴폴 풍기는

이해했어?

내 귀에 피고름

"자, 그러니까 1에서 1을 빼면 0이 되는 거예요. 이해했어요?"

"네. 1에서 1이 빠지면 말씀드리겠습니다."

"1은 곧 하나잖아. 거기서 동일한 크기를 빼니까? 아무것도 없어서 0이라는 거예요. 그러니까 1이 빠지는 게 중요한 게 아니고 0이 되는 게 중요해요. 이해했어요?"

"네. 0이 되는지 확인해보겠습니다."

"정말 이해했어요?"

"네, 이해했습니다."

"2일 경우엔 2가 빠져야 0이 되는 거예요. 1이 빠진다고 반드시 0이 되지 않을 수도 있어요. 이해하겠어요?"

하나를 물어보면 열에 대해 열 번씩 설명하는 사람이 있다. 주변 설명 없이 기계처럼 답만 툭 던지는 인간보다야 낫지만, 필요 이상의 긴 설명이 지속될 경우 오히려 역효과가 난다는 건 당해본 사람이라면 잘 알 것이다. 이미 이해한 내용을 왜 계속 설명하려는 것일까. 그 설명을 멈추기 위한 조건이 충족되지 않았기 때문이다.

이해했어?

❶ 너의 이해 수준을 못 믿겠어. 내가 충분히 만끽할 수 있도록 믿음을 줘.
❷ 내가 만끽할 수 없다면 더 말할 거야.

화자가 되어보자. 친절한 당신은 상대가 100퍼센트 이해할 때까지, 혹은 당신의 설명으로 인해 발생할 문제들이 0퍼센트에 수렴한다고 느껴질 때까지 고도의 집중력을 발휘하여 정보를 전달한다. 끝내려면 상대의 여러 반응을 확인하는 수밖에 없다.

그런데 상대가 스스로 이해한 수준만큼 당신의 입맛에 맞게 반응한다는 건 이해한 내용을 다른 사람에게 다시 설명하는 것보다도 더 어려운 일이다. 다시 말해, 상대를 통해 내 설명의 효과를 충분히 체감한다는 건 불가능하다. 그런 기대라면 설명은 끝날 수

나도 모르게 풀풀 풍기는

없다. 매 순간 다시 묻게 될 뿐이다. 진짜 이해했어?

예문
"253일 경우엔 253이 빠져야 0이 되는 셈이에요. 이해했어요?"

"네. 253이 0이 되는 상황에 말씀드리겠습니다."

"자, 봐요. 1일 땐 1이 빠져야 0이고, 2일 땐…."

"이해했어요?" 이 표현은 경험이 반복되면서 그 파괴력
이 급증하는 효과를 갖고 있다. 발현 규칙은 간단하다. 문
장의 말미에 갖다 붙이면서 상대의 반응을 살핀다. 뭔가
탐탁지 않다면 안심이 될 때까지 다시 설명을 하고 확인
하는 과정이 반복된다.

**심화
과정**
"자, 이제 이해한 대로 나에게 설명해봐요. 1에서 1이 빠지면 어떻게
되죠? 253까지만 예를 들어보세요."

이 분야 초인들은 상대의 이해 수준을 내가 뱉은 설명과
완전히 동기화하는 경지에 이르기도 한다. 이해한 내용
을 상대의 입을 통해 처음부터 끝까지 확인하는 것이다.
틀린 부분이 있다면 처음부터 다시 설명을 시작한다.

주의 사항 I	당신의 돌림노래가 2절, 3절로 들어선다고 해서 상대의 이해 수준이 더 증가한다고 생각하면 오산이다. 귀에서 피고름만 나올 뿐이다. 같은 말을 반복해서 듣는 것보다 고통스러운 일은 없다.
주의 사항 II	설명이 길고 반복될수록 상대의 자존심에는 진한 스크래 치가 생긴다. 내가 갖고 있는 의심이 그에게도 온전히 전 달되기 때문이다. 상대에게 '한 번의 설명으로는 이해하 지 못하는 사람'이라는 인식을 심고 싶다면 이 표현을 사 용해도 좋다. 다만, 상대방도 당신에겐 계속 그런 사람으 로 남을 것이다.
참고	상대방은 당신 생각보다 많이 알고 있고 이해도 잘한다. 따라서 설명이 조금 미흡하다 생각될 때 멈추는 것이 적 당하다. 부족한 부분은 알아서 질문할 것이다. 그럼에도 뭔가 확인하지 않고는 설명을 끝내지 못하겠다 면 궁금증의 존재 여부만 확인하는 방법이 있다.

"더 궁금한 거 있어?"

궁금증이 없다는 상대로부터 조금 더 안심하고 싶다면

나도 모르게 폴폴 풍기는

한마디 더 붙이자.

"나중에라도 궁금한 게 생기면 편히 얘기해."

이해했어?

....

파괴력: ★☆☆☆☆
피로도: ★★☆☆☆
누적피로도: ★★★★☆

유의어: #내말알아들었지? #무슨뜻인지알지? #믿어도되는거지?
대체어: #더궁금한거있어?

내 말이 어려워?

개떡을 주면 찰떡을 달라고

부장이 씩씩거리며 무언가 얘기하다가 분에 못 이겨 직원들을 야무지게 볶는다. 그 말미에 기침하듯 한마디 보탠다.

"아니, 내 말이 어려워?"

그는 왜 저렇게 말했을까? 왜 저렇게 말할 수밖에 없었을까.

누군가에게 생각을 전달한다는 건 예상보다 쉽지 않은 일이다. 유창한 연사처럼 하려던 말의 목적지를 알고 필요한 지점을 꾹꾹 짚으면서 가고 싶지만, 현실에선 떠오르는 것부터 말해버린 후 덕지덕지 살을 붙이게 된다. 내용은 간단한데 사족으로 9할을 채울 때도 있다. 그나마도 말의 앞뒤가 같으면 다행이다. 시작은 '아'

나도 모르게 폴폴 풍기는

로 했는데 끝이 '어'를 향해 가고 있는 걸 알아챌 때면 귓전에 열감이 찾아오며 식은땀이 흐르기 시작. 듣고 있는 사람들의 미간에 그늘이 드리울 때쯤, 한 가지 부인할 수 없는 생각이 찾아온다. 내가 뭔가 잘못 말하고 있는 건가.

이제 걱정할 필요가 없다. 이 표현을 익혀두면 말솜씨의 문제는 더 이상 당신의 몫이 아니기 때문이다.

내 말이 어려워?

❶ 상식적인 사고를 가진 사람이라면 이 정도 말은 알아듣는 게
   당연한 거 아냐? 너는 내 말에 집중을 안 했거나,
   수준이 낮아서 이해를 못 하고 있어.

이 표현은 대화의 화자와 청자 간 미묘한 불협화음의 책임을 상대방에게 부여하는 역할을 한다. 나는 최적의 형태로 정보를 전달했고, 그것을 흡수하지 못한 건 그의 문제가 되는 셈이다. 다시 잘 설명하려고 노력할 필요성도 사라지니, 앞 단원의 '이해했어?'에 비해 여러모로 경제적이기도 하다.

간혹 자신의 설명이 미흡한 건 아닌지 묻기 위해 이 표현을 사용하는 경우가 있는데, 그 뉘앙스를 고려하지 않은 판단이다. 질

문에 포함된 '내 말'이라는 단어로 인해 나의 노고와 상대방의 태도가 연결되기 때문이다. 어떤 형태로든 자신의 이해 수준에 대한 책임을 느끼게 된다.

예문 "그래서 이 부분을 변경해야 하는데 그건 전체적인 구조가 바뀌는 거니까 여기서부터 잘해야 하는 건데, 여기는 아까 거기랑 연결이 되니까 신경을 써서 해야 하는 건데, 사실, 아니 아니, 그러니까 이 부분을 음⋯."

"아⋯ 넵."

"흠, 아, 이 부분을 위계화해서 저기, 그, 데이터베이스에 포함을 시켜야 하는데, 아 다시 다시. 그러니까 이 부분을 변경을 해야 돼요. 그러면 저기 처음부터 있는 정보에 영향을 주는 거고, 그렇다는 건, 음, 제 말이 어려워요?"

"네⋯?"

이 말을 습관적으로 사용하는 선배가 있다. 말이 길어지면 뭔가 뜻대로 되지 않는다고 생각하는지 다시 시작하거나 고쳐 말하는 걸 반복하다가 불현듯 어렵냐고 묻는 것이다. 누구 때문인지는 불분명하지만 그 순간 얼굴은 성이 나 있다. 그가 후배 직원에게 업무 인수인계를 하는 위 상황이 바로 이렇다.

나도 모르게 폴폴 풍기는

그래도 그 선배는 착한 사람이었다. 상대방을 관철시키기 위해 이 표현을 아주 간편한 방아쇠로 사용하는 사람들도 있다. 그들이 말에 담는 의미는 선배의 그것과는 또 다르다.

내 말이 어려워?

❷ 왜? 못 받아들이겠어? 그냥 받아들여.

내 주장의 뒷받침이 미약하거나 상대가 그것을 수용할 생각이 없어 보일 때 이 표현으로 경제적인 해결을 하는 것이다. 발 아래로 줄넘기 줄 넘기듯 가볍게 반복.

"내 말이 어려워?"

"네? 아닙니다."

"그런데 왜 퇴근을 하려고 해. 내가 아직 있잖아. 내 말이 어려워?"

"아, 그게 제가 오전에 말씀드렸듯이 오늘 그….'

"아니, 내 말이 어렵냐고.'

"네…? 아닙니다. 무슨 말씀하시는지는 이해는 했는데요. 제가 오늘 부모님….”

“은정 씨, 내 말이 어려워??”

“아닙니다. 네, 이해했습니다.”

“일해~? 알았지?”

“넵.”

심화 과정	숙련된 사용자는 이래도 짜증나고 저래도 귀찮을 때 상 위호환 표현을 활용하여 그 효과를 극대화시킨다. 일명 개떡찰떡 권법.

“김대리, 저기 선반에 파일 좀 갖고 와.”

“네. 아… 파일이 빨간색 말씀하시는 건지….”

“아 그거, 거기 그거 갖고 와.”

“아 네네. 그, 여기 파일이 세 개가 있는데, 다 갖고 갈까요?”

“하, 내 말이 어려워? 갖고 와 그냥!”

“아 넵, 세 개 모두 갖고 가겠습니다.”

“답답하네! 파란 거 파란 거! 개떡같이 말해도 찰떡같이 알아들어야

지! 어디서 저런 게 들어왔어.”

“아 넵…!”

나도 모르게 폴폴 풍기는

주의 사항	사실 개떡같이 말하면 개떡같이 들린다. 그런데 곰곰이 생각해보면 듣는 입장에서 여간 약이 오르는 게 아니다. 시간이 지난 후 '찰떡은 개나 주라'며 달려드는 사람들이 나타날 수 있다. 그땐 후회해도 늦다.
참고	하버드 대학 심리학과에서 진행한 연구 결과에 따르면, 생각을 적는 것만으로도 관련 스트레스가 줄어든다고 한다. 생각을 정리하면서 나에게 불편했던 부분들도 차곡차곡 직면하는 의미화 과정을 거치기 때문이다. 무엇보다 좋은 점은, 머릿속에서 막연하게 생각을 뭉쳐 굴릴 때 일어나던 정신적 선회에서 벗어나 그 마침표를 찍을 수 있다는 점이다. 할 말에 대해 간단한 키워드만이라도 미리 적어둔다면 내 말이 어렵냐고 묻게 될 확률은 크게 줄어들 것이다. 그럼에도 전하려던 내용이 고삐를 풀고 막다른 길로 달려갈 때가 있다고 느껴진다면 '나'라는 주체를 빼고 어려운 점에 대한 유무만 확인하는 게 적절하다.

"이해하기 어려운 부분이 있어?"

내 말이 어려워?

....

파괴력: ★★☆☆☆
지속성: ★☆☆☆☆
뇌정지: ★★★★☆

유의어: #그래안그래나만그래? #이게어려워?
연관어: #다들알다시피 #상식적으로
대체어: #어려운부분있어? #다시설명해줄까?

나도 모르게 폴폴 풍기는

감히

난 허락한 적 없어

"네…네, 네! 네노오옴이 가암히!!!!!"

무소불위의 권력을 가진 보스가 수족처럼 부리던 오른팔에게 배신을 당하면서 뱉는 말이다. 삿대질인지 장풍인지 모를 왼손에는 힘이 잔뜩 들어갔고 오른손은 돌처럼 굳고 있는 뒷목을 수습한다. 눈알이 튀어나와 콧구멍이든 어디든 들어갈 것처럼 얼굴 전체가 시뻘겋게 팽창된다. 그럴 만도 하지. 길에서 굶어 죽어가던 녀석을 먹이고 재우며 키워줬는데, 은혜는 당연하거니와 하늘 같은 존재로 여겼던 나에게 배신의 칼을 던졌으니 말이다. 감히, 그럴 수는 없다.

저 정도 사연이 있다면야 이 글을 읽을 필요가 없다. 하지만 대부분의 경우, '감히'라는 말을 하기 위한 조건을 알아둘 필요가 있다. 이 표현은 매우 가파른 높낮이를 품고 있어서다.

감히

❶ 당신은 이 관계에서 허락되지 않은 짓을 하였다.

'감히'는 단순히 신분이나 계급의 차이만을 나타내는 표현이 아니다. 상대보다 높은 위치에서 사용할 수 있지만, 그런 것들이 분명하게 확인되지 않은 상황에서도 '우리 관계에서는 너에게 그 권리가 허락되지 않았으니 명심하라.'는 의미를 담아 던질 수 있다. 심지어 '내가 이 바닥에서 제일 쭉정이인데 그래도 네 자격 정도는 결정할 수 있다.'라는, 아주 강력한 상위 포식자의 심리가 숨어 있는 표현이다.

자, 그러하니 이 단어를 쓸 일이 몇 번이나 있겠는가. 중세 유럽 봉건제도의 제후諸侯쯤 되는 신분이 아니고서야 그 기회를 얻기란 쉬운 일이 아니다. 이해하기 어려운가. 당신이 '감히'라는 말을 정당하게 사용하려면 얼마나 많은 시간과 노력이 필요한지 알려주겠다. 일단 누군가의 위에 서려면 국왕까진 아니더라도 제후가 돼야 한다. 아니 그것도 고사하고 제후를 섬기는 '기사' 정도는 돼

나도 모르게 폴폴 풍기는

야 정당한 권리가 생긴다. 그래, 기사는 노력하면 될 수 있다.

기사가 되는 법은 다음과 같다. 당신은 농민의 아들로 태어났다. 나는 이미 기사나 다름없으니 말 편하게 하겠다. 감히 되묻지 말고 잘 들어. 딱 한 번만 알려줄 테니.

일곱살이 되면 다른 기사의 성에 가서 훈련을 받기 시작해. 귀부인의 시중을 들며 예의범절도 배우지. 그렇게 7년을 봉사하면 열네 살 때 종자로 승격이 돼. 이제부터 나를 따르며 사냥을 도울 수도 있어. 신나지? 그런데 전쟁이 나잖아? 창과 방패를 들고 부지런히 따라다녀야 해. 내가 들고 있던 게 부러지면 빠르게 새것으로 건네줘야 되거든. 만약 네가 살아 있다면 말이지~

종자가 된 후로 7년 더, 그러니까 총 14년 동안 봉사를 해야 스물한 살이 되면서 기사로 레벨업 할 수 있다. 이제부터는 제후를 섬기면 된다. 누군가를 계속 보필해야 하는 건 변함이 없지만 달라진 게 하나 있다. 지나가는 농민의 걸음걸이가 맘에 안 든다? 14년의 노고가 결실을 맺는 순간이다. (숨 고르고) 감히… 가으아으암히! 내 앞에서 그렇게 걸어!?!?!?

우리가 길바닥에서 걸음걸이만으로 '감히' 소리를 듣지 않는 건 민주주의 사회에서 상호 평등한 관계로 살고 있기 때문이다. 따라서 이 단어를 들을 일도, 뱉을 일도 없다. 아마 당신도 지금까지 뱉어본 적이 없을지 모른다.

조건조차 까다로운 표현을 군이 소개하는 이유는 이 표현이 반드시 입 밖으로 뱉어져야만 사용되는 게 아니기 때문이다. 예컨 대 직장 상사로부터 거나하게 깨지고 퇴근하기 무섭게 술을 퍼마 시다가 점원의 태도가 맘에 들지 않아 따진 적이 있다면, 축하한 다. 당신은 기사의 신분을 사용한 셈이다. 핸드폰 저편의 상담원에 게 매섭게 욕설을 뱉은 적이 있는가. 감축드립니다, 제후님.

이처럼 '감히'는 평소 상대방에 대해 갖고 있던 사고방식을 나타내는 결정적이고 상징적인 두 글자라고 할 수 있다.

예문　　"대리님, 제가 이번 외주 건에 대한 아이디어가 하나 있는데요."
　　　　　(감히 나서지 말고) "네 일이나 잘해."

　　　　　"과장님, 말씀하신 업무 처리하여 먼저 퇴근해보겠습니다."
　　　　　(감히 나보다 먼저 **퇴근**을 해?) "···."
　　　　　"과, 과장님...?"
　　　　　(감히?) "가려면 가세요."

　　　　　"부장님, 상반기 성과보고서 제가 준비해볼까요?"
　　　　　"박 과장이 감히 그럴 자격이 된다고 생각해?"

**심화
과정**　　가까운 관계에서는 '감히'를 입 밖으로 꺼내지만 않을 뿐 상대방에 대한 지배력을 높이려는 사람들이 있다. 속내

　　　　　　　　　　　　　　　나도 모르게 폴폴 풍기는

를 감추고 미묘한 뉘앙스만 던지기 때문에 상대방은 출처를 알 수 없는 오물이 인중에 묻은 것 같은 불쾌감을 느끼지만 정작 그 이유를 찾지 못하곤 한다. 아래 예문에서 A의 모든 말에는 '감히'가 생략되어 있다.

A: "야, 너는 그러면 안 되지."

B: "왜? 너도 지난번에 동창들 만나서 놀았잖아.

너는 되고 나는 안 돼?"

A: "그걸 꼭 말로 해야 되냐? 무튼 안 된다면 안 돼."

B: "아니 그러니까. 그 이유가 뭔데."

A: "네가 가면 내가 기분이 나빠질 텐데. 편하게 갈 수 있겠어?

아닐 텐데."

B: "편하든 안 편하든 나도 갈 거야."

A: "자꾸 일 키울래 너? 선 넘을 거야?"

B: "아니 그러니까 나는 왜 안 되냐고…."

우리는 이런 식의 간악한 태도에 대해 한번쯤 들은 바 있다. 가스라이팅이라고.

**주의
사항** 14년의 개고생 끝에 기사의 신분을 얻게 된 당신으로 돌아가보자. 농민에게 기사의 넘을 수 없는 벽을 뽐낼 수는 있겠지만, 당신에게도 넘을 수 없고 넘봐서도 안 되며 평생 모셔야 하는 존재가 생긴다. 마찬가지로 내가 누군가와의 높낮이를 만들려는 태도들을 견고히 쌓아갈수록, 내 앞에는 더 완고하게 높은 존재가 기다리고 있을 확률이 높다. 그들은 눈만 마주쳤을 뿐인데 이렇게 말할지도 모른다. 너 왜 눈깔을 그렇게 뜨니?

참고   이 단어는 그 대상을 자신으로 할 때 전혀 다른 뜻을 가진다.

감히

❷ 어려움이나 송구함을 무릅쓰고 (예: 감히 제가…)

군이 '감'과 '히'라는 두 글자의 음성학적 조합을 체험하고 싶다면(14년 동안 고생하는 방법보다는) 자신을 낮추는 방법으로 사용해보는 것도 좋겠다. 사실 기사는 남을 낮추기보다는 높이며 보필하는 존재가 아니던가. 혹시 아나. 내 주변으로 멋진 기사들이 모이게 될지.

나도 모르게 폴폴 풍기는

감히

파괴력: ★★★★☆

지속성: ★★☆☆☆

뻔뻔함: ★★★☆☆

유의어: #네주제에 #내가누군줄알아?

반의어: #감히

다 거기서 거기

더 이상의 생각은 포기한다

택시기사와 실랑이를 벌인 적이 있다. 피곤해서 조용히 오고 싶었는데 음악 소리가 커서 조절해달라고 했다. 줄이는 시늉만 하더니 음악을 끄고 라디오를 켠다. 뉴스가 나오고 있었는데 누굴 죽여야 하니 살려야 하니 하면서 자신의 정치색을 과감히 드러내고는 "그렇지 않아요?"라면서 자꾸 동의를 구한다. 차에 찌든 담배 냄새 때문에 가뜩이나 속이 울렁거렸는데 쉬지 않고 걸어대는 말소리를 듣고 있자니 갑갑하고 부아가 치밀었다.

그러던 차에 낯선 길목으로 들어선다. 늘 다니던 길이기에 그것이 더 돌아가는 선택이라는 걸 대번에 알 수 있었다. 나는 따져 물었고 기사는 당당했다. 신고하려면 하라고, 자신은 가야 하니 영

나도 모르게 폴폴 풍기는

업 방해하지 말라고. 결국 평소보다 더 많은 택시비를 지불하고 보내야 했다.

"뭐 그런 택시기사가 다 있죠. 진짜."

다음 날 동료 직원에게 내가 겪었던 거지 같은 일을 토로했다. 사건 당시에 상대에게 뱉지 못했던 말까지 더해 쏟아낸 것 같다. 하지만 그는 내 말에 크게 동요하지 않는 눈치였다. 오히려 정말 안 좋은 택시기사를 만난 것 같다며 운이 없었다는 듯 말했다. 빈정이 상해 좀 더 세게 입장을 드러냈다.

"택시기사가 다 거기서 거기죠 뭐. 비매너 운전에… 손님도 골라 태우지 않나. 예의도 없고."

시간이 한참이나 지난 후, 그의 아버지가 택시기사라는 것을 알았다.

성격, 혈액형, 정치성향, 인생관, 업무 스타일, 연애 방식 등 이곳과 저곳, 저쪽과 이쪽을 나눌 수 있는 기준은 참 많다. 뭔가를 구분 짓는 이유는 간단하다. 그래야 차이를 알 수 있고 차이를 알아야 그 차이들로 구성된 전체를 이해할 수 있기 때문이다. 생각해보자. '책임감'이라는 개념의 구분이 없었다면 조별과제를 혼자 완수한 사람에게 우린 이렇게 말할 수밖에 없다. 당신 호구야.

따라서 어떤 집단이나 현상에 대해 관찰하고 해석하는 것, 나만의 시각을 갖는 것 자체는 문제가 될 수 없다. 그 시각을 입 밖으로 꺼내는 것도 마찬가지.

다만 '거기서 거기'라는 말에는 다른 태도가 가미되어 있다.

다 거기서 거기

❶ 대략 이 정도 생각으로 퉁칠 거야. 더 따져보기 귀찮으니 설득할 생각일랑 말 것.

이 표현의 역할은 특정 집단에 대한 내 생각을 공유하기보다는 그 집단에 대한 더 이상의 생각을 포기했다고 선언하는 것에 가깝다. 사소하게는 소개팅 때 입을 옷에 대한 선택부터 인생과 직결되는 중요한 문제까지, 이 표현을 즐기는 이에게 얻을 수 있는 답변은 없다. 오히려 이견을 더하는 것 자체가 링 밖으로 나가버린 선수에게 도전하는 느낌을 줄 뿐이다. 사활을 건 승부를 할 게 아닌 이상 굳이 그런 이를 붙잡고 스파링 자세를 취하는 사람은 많지 않다.

예문 이 말을 뱉어내려면 사실 꽤 많은 용기가 필요하다. 특정 집단에 여지라고는 없는 낙인을 씌우는 것과 같기 때문이다. 이 지점에 상대의 뒷목을 굳게 만드는 추가 효과가 있다.

나도 모르게 폴폴 풍기는

다 거기서 거기

❷ 당신을 비롯한 주변인이 이 집단에 해당하는지도 신경 쓰고 싶지 않아.

그 집단에는 지금 내 말을 듣고 있는 상대가 속할 수 있고, 그의 소중한 가족이나 친구도 속할지도 모른다. 특정 성별이든, 종교든, 직업이든, 심지어 누가 봐도 말이 안 통할 것 같아 보이는 집단조차 내 말을 듣고 있는 사람에겐 평가 그 이상의 가치가 있을 수 있다. 따라서 이 말을 뱉으려거든 그 후폭풍쯤은 신경 쓰지 않는 대인배가 돼야 한다.

"김대리 일 진짜 못하지 않아요?"

"그러게요. 좀 답답하긴 해요."

"김대리 ○○대학교 졸업했다고 하지 않았어요?"

"네, 맞아요."

"하여간 ○○대학교 출신 중에 정상을 못 봤다니까?"

'(내 동생 그 대학 나왔는데…)'

심화 과정

1. "에휴, 내가 여직원 뽑지 말자고 했지."

2. "남자가 이런 거 하나 못해요?"

3. "넌 못생겼는데 왜 성격도 그 모양이야?"

4. "연예인이나 쫓아다니니까 네 인생이 그 모양이지."

5. "내가 검은색 대형 세단 끄는 사람 치고 정상을 못 봤다."

'다 거기서 거기'는 특정 집단에 대한 태도를 담고 있는 말이다. "○○이 다 그렇지 뭐."와 결이 같다. 따라서 그 판단을 기준으로 특정인을 꼬집으면 그 독성의 풍미가 더 살아난다. 독을 맞은 상대는 단전에서부터 끓어오르는 분노와 불쾌감을 참아야겠지만.

주의 사항 앞서 언급했듯 이 표현은 그 영향을 신경 쓰지 않을 수 있는 대인배의 면모가 필요하다. 하지만 내가 신경 쓰지 않는다고 해서 그 영향이 실존하지 않는 건 아니다. 당신의 입에서 나온 말은 누군가의 소중한 존재를 욕보일 수 있고 그것은 어떤 형태로든 돌아온다.

"하여간 ○○대학교 나온 인간 중에 정상을 못 봤다니까?"
'(내 동생 그 대학 나왔는데….)'
"자, 그래서 네 동생 분은 언제 소개시켜 주실 거예요? ㅎ"

참고 따지고 보면 내가 겪었던 대부분의 택시기사들은 그날 같지 않았다. 목적지를 묻곤 조용히 이동하며, 지불이 끝나면 인사를 한다. 깔끔하다. 그럼에도 당시의 경험이 택

나도 모르게 폴폴 풍기는

시기사 전반의 모습처럼 느껴졌던 이유는 부정적인 경험이 기억에 더 잘 남기 때문이다.

이런 현상을 악용하는 사례도 매우 많다. 이를테면 '묻지마 폭력 사건의 범인. 하루에 세 시간 이상 폭력성 게임 즐겨…'와 같은 기사 제목처럼 말이다. 그 한 줄의 문장으로 인해 건강하게 게임을 즐기는 대부분의 사람들이 '폭력'과 연합된다.

어떤 현상이나 집단에 대한 말을 풀어낼 때는 "내 경험으로는"으로 범위를 좁혀보는 게 어떨까. 직접 보고 겪은 일들 위주로 말을 뱉다 보면 그토록 쉽게 일으키던 '일반화의 오류'가 퍽 어려운 일이 될 것이다. 만약 나쁜 택시 사건을 겪은 다음 날 '거기서 거기'라는 말 대신 이 표현을 택했다면, 동료 직원은 자신의 아버지 얘길 꺼냈을지도 모른다. 두 사람 모두에게 좋은 대화로 기억되었을지도.

거기서 거기

파괴력: ★★☆☆☆

지속성: ★☆☆☆☆

습관성: ★★★★☆

유의어: #딱보면알지 #다똑같아 #안봐도비디오

연관어: #지나가는사람들한테다물어봐

반의어: #내경험으로는

나도 모르게 폴폴 풍기는

저는 별거 아니에요

진짜예요. 운이 좋았다니까요

"사람들이 잘해줘요."

배우 정우성 씨의 인터뷰 내용으로 기억한다. '얼굴이 잘 생겨서 좋은 점이 뭐냐?'라는 질문에 가볍게 웃으며 답했다. 딱히 겸손을 차린 것도 아니고 나름 솔직함도 묻어 있는 답변이었지만, 그런 얼굴로 살아본 적 없는 나 역시 기분 좋게 들을 수 있었다. 그치~ 저 정도 외모면 주변에서 친절하게 대하겠지?

"저는 그냥 평범한 얼굴이에요."

만약 그가 이렇게 답했다면 어땠을까. 듣는 순간 '그나마 평범하다'고 생각했던 내 얼굴이 떠오를 것이다. 정우성 씨의 얼굴을 보며 내가 '평범함'으로부터 얼마나 멀리 떨어져 있는지 따져본다. 그 거리를 가늠조차 하기 힘들다. 그렇다면 내 목 위에 달려 있는 이것은 무엇이란 말인가. 그저 단순한 호흡기 장치인가, 아니면 먹고 떠드는 기능의 더듬이인 건가. 평범의 기준은 어찌 이리도 높단 말인가.

우리는 겸손이 미덕인 사회에서 살고 있다. 겸손은 타인과 융화되는 데 있어 중요한 태도이고, 스스로 교만에 빠져 일을 그르치지 않게 하기 때문이다.

저는 별거 아니에요

❶ 겸손: 남을 존중하고 자기를 내세우지 않는 태도

그 의미가 참 훌륭하다. 심지어 낱자의 뜻도 겸손할 겸謙, 겸손할 손遜이라니, 정말이지 완전무결한 조합이 아닌가. 삼국지의 유비는 와룡봉추 중 한 명인 제갈량을 곁에 두며 조조와 어깨를 나란히 할 수 있을 정도로 크게 성장할 수 있었다. 겸손도 마찬가지. 언제 어디서나 이것을 곁에 둔다면 제갈량 급의 현자를 두는 셈이다.

나도 모르게 폴폴 풍기는

넘어질 일이 없다.

예문　타인의 생각을 헤아리고 스스로 더 나아지기 위해 이런 하찮은(!) 책까지 읽고 있다는 점에서, 당신은 겸손에 다가가려는 사람일 확률이 높다. 지금보다도 더 훌륭한 사람이 될 것이다. 이 단원은 그토록 겸손하려는 당신에게 맞게 작성되었다. 만약 겸손 따위 중요하지 않다고 생각한다면 쿨하게 넘어가길 바란다. 자, 그러면 때 아닌 겸손으로 그 역할이 달라지는 상황을 살펴보자.

"2계급 특진에 최연소 차장이라니. 정말 대단하시네요!"
"아, 저는 별거 아니에요. 그냥 운이 좋았죠."

역사를 새로 쓰며 진급한 그를 주변의 모든 조명이 비추고 있다. 원하든 원치 않았든 회사의 나름 탄탄한 평가체계와 관리자들의 판단이 그의 역량을 공증한 셈이다. 그런데 정작 당사자는 부인하고 있다. 한두 번이야 예의상 하는 답변 정도로 이해하겠지만, 이런 표현이 지속될 경우 상대방은 오히려 알 수 없는 불편감을 느끼기 시작한다. 왜일까.

저는 별거 아니에요

❷ 저는 이런 식으로 과대평가 받고 싶지 않아요.

습관적으로 자신을 낮게 표현하는 사람이 있다. 특히 주변으로부터 긍정적인 평가를 들었을 때 유독 몸서리치며 부인하곤 하는데, 이런 태도를 스스로는 겸손하다고 여길지 모른다. 하지만 겸손은 '자신의 대단한 면을 내세우지 않는 것'이지 '부족한 면에 집중하며 낮추는 것'이 아니다. 나를 낮춰서는 상대를 존중할 수 없기 때문이다.

주변에서 나에 대해 왜 그렇게 얘기하는지 그 관점을 생각해 볼 필요가 있다. 평가라는 게 당사자의 생각이나 가치관도 담겨 있기 마련이다. 따라서 나를 너무 낮추면 먼저 높였던 상대방도 덩달아 낮아지는 효과가 있다. (좀 비약적인 예시이긴 하지만) 누군가 워런 버핏에게 "돈 걱정 없게 만드는 그 능력이 참 부럽고 대단하다."라고 말했을 때 "그렇지 않다. 살아보니 돈이 인생의 전부는 아니더라."라고 답한다면 어떨까. 틀린 말은 아니지만 그 답변이 실감나지 않을 것임은 물론, '부럽다'는 표현이 민망해짐과 동시에 '돈은 중요한 것'이라는 메시지를 내포했던 상대는 묘한 상실감을 경험할지도 모른다.

나도 모르게 폴폴 풍기는

자신이 이룬 업적이나 성과를 스스로 받아들이지 못하는 현상을 가면증후군impostor Syndrome이라고 한다. 미국 조지아 주립대의 심리학자 폴린 클랜스와 수전 임스가 개념화한 심리현상으로서, 가면증후군을 가진 사람은 자신의 성공이 운에 따른 결과라고 여긴다. 우연히 지금의 결과에 이르렀기 때문에 높은 성취의 증거에도 불구하고 가진 능력에 비해 과대평가를 받고 있다고 단정하는 것이다. 그런데 이는 사실 방어적 태도의 일환이다. 지금의 위치를 증명해야 하는, 혹은 그 이상의 도전에서 실패했을 때 받게 될 충격을 줄이기 위한 장치인 셈이다.

당신이 살면서 최소 세 번 이상 들었을 자존감 향상에 대한 얘기를 하고 싶진 않다. 다만 어릴 적엔 굉장히 어른으로 보였던 나이도 막상 도달해보니 어릴 적과 다르지 않다고 느낀 적이 있지 않은가. 그럼에도 별게 없는 그 나이는 여전히 더 어린 누군가에게 어른으로 느껴지고 있다.

마찬가지로, 당신에겐 부족하고 버거운 현재겠지만 누군가에겐 도달하고 싶은 미래일지 모른다. 그의 인생에 당신이 일부로서 존재하는 셈이다. 그곳에 실재하는, 충분히 좋은 당신을 애써 제거할 필요는 없다. 자신으로 받아들이면 더 좋고.

참고 Ⅰ 사실 누군가의 칭찬에는 그저 감사하다고 답변하면 된다. 좀 더 구성진 표현이 필요하다면 '그렇게 얘기해주시니 감사하다.' 정도로 확장할 수 있다. 그럼에도 스스로를 낮춰야만 마음이 편하겠다면, 반대로 상대를 높이는 방법이 있다.

"민정 씨는 저에 비하면 더 잘할 수 있어요. 제가 기회가 닿아 먼저 했을 뿐."

상대를 높였으니 나를 낮게 표현할 수 있고, 듣는 입장에서는 두 사람 모두 높아지는 효과가 생긴다.

참고 II 펜실베이니아 주립대의 샘 리처드 교수는 수업 도중 무작위로 두 학생을 골라 앞으로 불러냈다. 한 명은 미국인, 다른 이는 한국인이었다. 둘에게 똑똑하냐고 묻자, 미국인은 "그렇다."라고 답했고, 한국인은 "그러고 싶은데 잘 모르겠다."라고 답했다.
교수는 이어서 그들의 학점을 물었다. 미국인은 정확한 학점을 밝히기 싫어했지만, 3.0과 3.5 사이라는 힌트를 주었고, 한국인은 그보다 높은 3.6이었다. 심지어 한국인은 2학년이었는데 4년 과정인 해당 대학의 졸업을 앞두고 있었다. 2년을 앞당긴 것이다.
이 일화의 포인트는 한국인의 우월성이 아니다. 교수는

나도 모르게 폴폴 풍기는

서양인과 동양인이 삶을 대하는 방식이 다르다는 걸 설명하기 위해 랜덤하게 한 명씩 고른 것이었고, 그 결과는 예상과 같았다. 한국인은 가진 것보다 자신을 낮게 표현했고, 미국인은 높게 표현했다.

나는 이 일화에서 스스로 똑똑하다고 답했던 미국 학생에게 마음이 갔다. 모두가 보는 앞에서 나타난 한국 학생의 겸손은, 자신을 긍정적으로 바라보던 미국 학생에게 어떤 경험으로 다가갔을까. 다시 말하지만 우리는 겸손이 미덕인 문화 속에서 살고 있다. 미덕인 그것이 만능 열쇠가 아닐 뿐이다.

참고 Ⅲ 이 책을 쓰면서 수명을 당겨 썼다. 수개월간 퇴근 후 밤과 주말을 갈아 넣었으며, 빠진 머리카락만 모아도 집 한 채는 지을 수 있다. 내리갈긴 한숨을 모은다면 그 집도 날아가버릴 것이다. 장마가 길었던 여름, 그렇게 콸콸 쏟아지는 비를 보며 썼다. 사실 이 책은 하찮지 않다.

당신도 그렇다. 겸손을 곁에 두려는, 과대평가를 경계하는 당신, 나는 당신이 보인다. 당신은 스스로도 알기 어려울 만큼 많은 걸 이뤘다. 바닥에서 손을 떼고 엄마 아빠를 향해 발을 내딛었던 순간부터 지금까지, 이루지 못한 것보다 이룬 것들이 월등히 많다. 짊어진 삶이 무거운가. 그

만큼 많은 것들을 넘어왔기 때문이다. 놓친 것들로부터
시야를 거두길 바란다. 좀 더 스스로를 칭찬해도 된다.

저는 별거 아니에요

....

파괴력: ★☆☆☆☆
지속성: ★★☆☆☆
역효과: ★★★★☆

유의어: #운이좋았어요 #저는아직멀었어요
연관어: #부담스럽게왜그러세요
대체어: #그렇게말씀해주셔서감사합니다

나도 모르게 폴폴 풍기는

죄송합니다

하지 않은 것만 못한 사과

"일단 사과부터 하고 시작하는 버릇이 있어요. 내가 예의를 갖추면 상대방도 그럴 것이라 생각해서죠. 그러나 잦은 사과에 주변은 더 공격적으로 변했어요. 그들에게 나는 점차 '자주 잘못하는 사람'이 되어갔습니다. 한번은 내 잘못이 아닌 일에 사과를 했는데, 상대가 나를 용서하기 어렵다는 듯 말하더라고요."

사과를 아끼지 않는 사람들이 있다. 이런 태도는 대부분의 상황에서 더 나은 결과를 만들지만 때때로 내 기분을 망치기도 한다. 선의에서 비롯된 그것을 상대가 오해하거나 이용할 때 말이다.

그럴 땐 사과에 대한 사과를 해야 할지, 했던 사과를 철회할지 혹은 몰라주는 상대와 갈등을 일으킬지 등 이러지도 저러지도 못하는 복잡한 기분을 느끼게 되는데, 이 모든 감정적 숙제는 사과를 건넨 사람의 몫이 된다. 그래서인지 사과가 '호구들의 습관'이라고 말하는 사람까지 있다.

글쎄, 사과 자체를 전략적으로 판단하는 사람들, 호의가 권리가 되는 상황들 때문에 굳이 내 인격을 낮출 필요는 없겠지만, 사과가 변색되는 상황들을 안다면 좀 더 그에 걸맞은 태도를 가질 수 있을 것이다. 이 단원에서는 사과하지 않는 게 더 나은 다섯 가지 상황을 소개한다. 어쩌면 내가 하는 사과의 일부는 선의에서 출발하지 않았을지도 모른다.

❶ 사적인 질문
어쩌다 보니

"결혼하셨어요?"
"아니요."
"왜요?"
"아… 그게, 일단 돈을 좀 모으고 28살이 되면 하려고 했는데, 어쩌다 보니…."

반드시 '죄송합니다'라는 말을 뱉어야만 사과가 아니다. 어딘

나도 모르게 폴폴 풍기는

가 나에게 잘못이 있는 것 같은 태도도 그에 포함되는데, 이 대화에서의 '왜요?'는 삶에 대한 나의 선택과 태도를 묻는 매우 사적인 질문이다. 관계의 형태에 따라 결례가 될 수 있는 질문임에도 군이 설명을 하는 행위는 나의 선택(이 경우 결혼을 하지 않은 것)에 대해 사과하는 것과 유사한 효과를 갖는다. 이런 태도를 갖게 되는 이유는 스스로 그 선택이 사회적인 규범을 따르지 않았다는 생각이 들기 때문이다.

　원했든 원치 않았든 내 삶에서의 선택은 전적으로 나의 것이며 관여할 수 있는 사람은 없다. 내가 위와 같은 설명을 하고 있을 때 어떤 기분을 느끼는지 살펴보자. 불쾌한 기분이 든다면 답변할 필요가 없다. 나는 물론이고 상대방에게도 큰 실익이 없기 때문이다. 현명한 사람이라면 당신의 짧은 대답을 이해할 것이다. 계속 캐묻는 사람에겐 이런 주제에 대한 거리를 벌리는 것도 방법.

"결혼하셨어요?"

"아니요."

"왜요…?"

"그러게요."

"아니, 진짜 왜요? 어째서?"

"'아니요'라는 말로 충분히 대답한 것 같아요."

❷ 꿈을 좇는 일
이런 모습 보여서

"밥은 먹고 다니냐?"

"네, 뭐… 어찌저찌 챙겨 먹고 있어요."

"에휴. 내가 살게. 많이 먹어라. 너 이 생활 얼마나 됐지? 계속해야겠어?"

"1년 정도 됐어요. 더 해보려고요…. 이런 모습 보여서 죄송하네요."

꿈을 좇다 보면 형편이 어려워지기도 한다. 그런데 불확실한 목표를 위해 어려운 형편을 감내하는 것이 그리 현명하지 못하다고 생각하는 사람들이 있다. 특히 잘 갖춰진 체계 속에서 안정적으로 특정 궤도에 오른 사람들일수록 더 그렇다.

이런 사람들의 입을 통해 묘사되는 내 현실은 참혹하기 그지 없다. 그래서 내 입장과 비전을 고수하며 논쟁하기보다는 사과를 통해 이 주제를 끝내고자 할 때가 많다. 말 그대로 난 아직 꿈을 향해가는 중이며 상대방에게 보일 만한 게 없기 때문이다.

하지만 필요 없는 사과는 상대방에게 일종의 아첨으로 보인다고 한다. '이 대화는 좀 넘어가 줘~'라고 부탁하는 꼴이 되는 게다. 당신은 그저 다른 사람의 감정을 상하게 하지 않는 선에서 주

나도 모르게 폴폴 풍기는

제를 바꾸면 된다고 생각하겠지만, 상대방은 당신이 논쟁할 만큼 이 선택에 대한 확신이 없는 것처럼 느낄 수 있다.

루도비코 부오나로티Ludovico Buonarroti라는 남자는 1400년대의 상류층이자 정부 관료였다. 그에겐 아들이 있었는데 하는 짓이 좀 특이했다. 당시 하층민의 기술로 여겨졌던 진흙과 도구들에 관심을 가졌다. 루도비코는 "내 아이들 중 누구도 먹고살기 위해 손을 사용하지 않을 것"이라며 아들을 멸시하고 다그쳤다. 하지만 꿈을 포기하지 않았던 아들은 시간이 흐른 후 의미 없는 돌덩이를 다비드 상으로 만들었다. 그의 이름은 미켈란젤로다. 나 자신이 되는 것, 꿈을 갖는 것, 사회적인 통념에 비판적인 관점을 갖는 것에 있어서 누군가에게 사과할 필요는 없다.

❸ 부탁
죄송하지만

사과는 예의를 갖추는 말이기도 하다. 그래서인지 뭔가 부탁할 때 '죄송하지만'으로 출발하는 경우가 많다.

"죄송하지만 회의 내용을 좀 공유해주시겠어요?"

하지만 이 문장에서 사용하는 '죄송하지만'은 사과라기보다는 양해를 구하려는 관용적 표현에 가깝다. 이런 의미를 오해하고 부탁의 과정에서 지속적으로 사과를 뱉는 경우가 있다.

"영수님, 죄송한데 2020년 상반기 사용자 분석자료 좀 볼 수 있을까요?"

"아 네, 지금 급하게 처리 중인 건이 있어서 끝나고 찾아서 드릴게요. 잠시만요~"

"죄송하게 됐어요. 부탁드리겠습니다."

"아닙니다. 찾아볼게요."

"찾아보느라 힘드시죠. 죄송합니다."

"아 네넵, 여기 있습니다."

"바쁘신데 번거롭게 해드려 죄송했습니다."

"아닙니다. 수고하세요~"

문제는 그 효과가 예상과 다르게 나타난다는 것이다. 불필요한 사과는 부탁을 들어주는 상대방의 선의를 마치 의무처럼 느끼게 만들 수 있다. 생각해보면 당연하게도, 이 같은 상대의 선의에 답하는 말은 '미안해'가 아닌 '고마워'다.

나도 모르게 폴폴 풍기는

❹ 타인의 기대감

기대에 미치지 못해서

　누군가의 기대를 충족시키지 못했을 때 사과는 충돌을 피하기 위한 하나의 방법이 될 수 있다. 하지만 그로 인해 내 감정도 상해버린다면 사과를 하지 않는 것 또한 방법이며 이런 선택이 항상 나쁜 것만은 아니다. 사과를 선택하게 되는 이유는 상대의 기대에 부흥하지 못한 것이 마치 빚을 진 것처럼 느껴지기 때문이다. 그런데 냉정하게 말해서, 그 기대는 당신이 꿔준 것이 아니다.

　"엄마를 슬프게 하고 싶지 않지?"

　카페에서 엄마가 아이를 달래며 말했다. 발달심리학자들은 이 말로부터 안 좋은 일들이 벌어질 수 있다고 한다. 이런 말을 자주 듣는 아이들은 엄마의 기대감을 채우기 위해 공부를 하고, 밥을 먹고, 방을 치우게 된다. 스스로의 동기를 알아채기까지 상대적으로 긴 시간이 걸리며, 그 긴 시간 동안 마치 누군가에게 빚진 것 같은 느낌을 갖는다.

　우리는 주요한 타인의 기대를 채우기 위해 생각보다 많은 시간을 소요한다. 그 자체에는 문제가 없다. 다만 기억해야 할 말이 있다. 당신은 존재 자체로 빚진 것이 없다.

❺ 내 것이 아닌 잘못

습관성 죄송

누군가 실수를 했고 상황의 모호함으로 인해 그 긴장감이 더해지고 있을 때, (실제로 잘못이 있어서가 아닌) 뭔가 해야 한다고 느끼던 사람이 먼저 사과를 하는 경우가 있다.

(띵동! 배달 왔습니다.)
"좀 늦으셨네요."
"아이고! 이 부근 골목이 좀 어렵게 되어 있어서 헤맸네요. 허허."
"아… 이 동네가 좀 그렇죠. 죄송합니다."
"네…?"

이런 경우의 사과는 진심이 아니다. 내가 잘못한 게 없으니까. 습관적으로 뱉는 사과의 많은 경우가 이에 해당되는데, 이는 상대방에게 사과할 필요성을 만드는 수동–공격적 방어Passive-Aggressive Defense 의 수단이다. '자, 내가 먼저 했으니 너도 해.'라고 어필하는 것이다. 상대방이 알아채고 같이 사과를 해야만 완성될 수 있는, 조건적 사과인 셈이다.

나도 모르게 폴폴 풍기는

"평소에 '죄송합니다. 지나갈게요.'라고 말하곤 해요. 그런데 실은 미안하지 않아요. 도대체 좁은 통로나 문간에 왜 서 있는 거야!"

이런 태도에 대해 심리학에서는 내가 잘못한 게 없음에도 먼저 사과하도록 만드는 장치나 시점이 무엇인지 찾아보길 권한다. 가령, '문제 발생+책임소재 불분명+모든 사람들의 침묵'이라는 변수들이 있는 경우, 내가 잘못에 대한 지분이나 확신이 없음에도 무심코 하게 되는 게 아닌지 따져봐야 한다. 습관적으로 나오는 태도이므로 한번 잘 따져본 후로는 동일한 맥락이 발생했을 때 사과가 아닌 의견을 꺼낼 수 있게 된다.

듣다 보면 싸늘해지는

Chapter 2.

청각 편

드러나지 않는 모호한 태도로
뒷골 어딘가를 후비는 말들

기분 나쁘게 듣지 마

기분 나쁜 얘길 할 거니까

"기분 나쁘게 듣지 마."

대학생으로서의 첫 학기가 막 저물어가던 날이었다. 동아리 선배가 나를 부르더니 뭔가 결심한 듯 말을 꺼낸다.

"웃는 게 나쁘다는 건 아닌데…."

그녀는 안경 너머 미간을 위아래로 부지런히 움직이며 '자주 웃는 사람'이 가질 수 있는 면면에 대해 설명했다. 동아리의 분위기, 대학생활, 성인이 된 후의 인간관계 등 다양한 단어들이 들렸지만 내가 기억하는 핵심 내용은 이렇다. 나는 가식적인 사람이었다. 만만해 보일 수 있었다. 실없는 사람이기도 했다. 어쨌든 웃는 행위로 인한 결과에는 득보다 실이 월등히 많은 듯했다.

듣다 보면 싸늘해지는

"그러니까 굳이 막 웃고 다닐 필요는 없어."

불편한 기분이 들었다. 그 이유는 부모님께서 물려주신 장점을 폄하해서가 아니었다. 자기 멋대로 해석하고 꺼낸 위로의 눈빛도, 고작 한 살 차이로 세상의 숨겨진 법칙을 알려주던 말투도 아니다. 심지어 그 모든 얘기가 그녀의 사회적 이득과 연결되어 보일 때조차 참을 만했다.

내가 느꼈던 감정은 그런 종류의 것이 아닌, 답답함이었다. 이 상황에 느껴 마땅한 여러 감정들이 자물쇠 굳게 잠긴 어딘가에 갇혀 있는 듯한 불편감이랄까.

원인은 그녀가 초입에 뱉었던 말에 있었다.

기분 나쁘게 듣지 마

지금부터 기분 나쁜 얘길 할 거야. 참아보려고 했는데 말해야겠어.
이왕 하는 김에 끝까지 말하고 싶으니까 중간에 화가 나더라도
말을 끊지 말아줘. 진지한 표정도 준비했으니까.

만약 그녀가 나의 기분을 헤아리며 뭔가 얘기해주려던 의도였다면 첫마디부터 잘못 선택했다. 그 말 자체가 '기분 나쁜 말을

하겠다'는 뜻이니 헤아렸다면 애초에 꺼내지 않았을 터. 작정하고 빡치는 말을 하면서 상대가 느끼게 될 감정까지 묶어두니 듣는 입장에선 황당하기 그지없겠지만 말하는 입장에선 그야말로 신바람 나는 상황이 된다. 세상에, 이렇게 간편한 말이 또 있을까.

예문   상대에게 뭔가 원하는 것이 있을 때 주로 사용된다. 가령 후배 직원의 태도가 맘에 들지 않을 때 진지한 얼굴로 말머리를 채우는 식이다. 기분 나쁘게 들어선 안 되므로 상대는 좀 더 긴장된 상태로 당신의 얘기를 듣게 된다. 꽤 근사하게 보일지도 모르겠다.

**주의
사항**   대부분의 경우 이 표현을 사용하면서까지 얻으려 하는 건 그리 대단하지 않다. '당신이 내 맘에 들게 행동했으면 좋겠다'는 것 정도.
과연, 그걸 상대가 모를까.

참고   그것이 긍정형이든 부정형이든 뇌를 자극하는 방식은 같다. 가령 "파란색 하늘을 절대 떠올리면 안 돼."라는 말 직후에 우리가 하게 될 일은 파란색 하늘을 떠올리는 것이다. 이처럼 떠올리지 않으려 할수록 더 떠오르는 현상을 반동효과라고 한다. 이 효과에 따르면, 기분 나쁘지 말라

듣다 보면 싸늘해지는

는 요청으로 인해 오히려 기분부터 나빠질 수 있다. 차라리 "기분 좋은 얘기는 아닐지도 몰라."가 낫겠다. 혹은 "내 딴에는 깊이 생각해보고 말하는 건데."와 같이 감정의 대상을 자신에게 향하는 것이 한결 듣기 수월하다.

기분 나쁘게 듣지 마

····················

파괴력: ★★☆☆☆
지속성: ★★☆☆☆
찝찝함: ★★★☆☆

유의어: #오해하지말고들어 #나쁜뜻은없어
연관어: #네생각해서하는말이야 #사람들이그러던데
대체어: #기분좋은얘기는아닐지도몰라

널 위해 하는 말

그게 곧 날 위하는 길

기분 나쁘게 듣지 말라며 내 기분을 묶어두었던 선배는, 이런 말로 긴긴 충고의 대미를 장식했다.

"널 위해 하는 말이야."

당시엔 한 가지 생각만 머리를 맴돌았다. 뭐지? 불과 5초 전까지 사막에서 홍수 대비하는 듯한 얘기들을 쏟아내더니 그게 나를 위한 것인지 아닌지 왜 자신이 정하는 걸까.

그건 내가 판단할 문제 아닌가.

군이 강조하지 않더라도 충고가 한 개인의 인생에 얼마나 중요한지는 알고 있으리라 생각한다. 내 한마디로 다른 사람의 삶이

듣다 보면 싸늘해지는

바뀔 수도 있기 때문이다. 하루 한 번 이상은 충고를 실천하는 누군가는 그랬다. 충고를 고깝게 듣는 사람들이 있을지도 모르나 반기지 않는다고 포기하면 당신의 진리들은 입안에 맴돌다 충치로 남게 되는 셈이라고. 그러니 같잖은 배려는 버리고 충고를 하라고.

이 같은 충고 마니아에게 있어 '널 위해'라는 말은 상대의 판단을 묶어두고 내 얘기의 정당성을 높일 수 있는 최고의 포석이다.

널 위해 하는 말이야

❶ 너에게 이로운 내용이야. 아닐 가능성은 없어.
❷ 널 위하는 내 마음도 알아줘야 돼. 그러니 잠자코 내 충고를 새겨들어.

당신의 충고는 옳을 수도 있고 그렇지 않을 수도 있다. 설령 옳다고 해도 그것이 상대에겐 이롭지 않을 수 있다. 충고가 입을 떠나 상대의 귓전에 도달한 순간부터 그것을 취할지는 오롯이 그의 몫인 셈이다.

하지만 '널 위해'라는 말을 가미하면 상대는 그 얘기를 무조건 이롭게, 혹은 고깝게 들어야 할 것 같은 기로에 놓이게 된다. 정상적인 판단의 기회를 잃게 되는 셈이다. 상대를 위하든 그렇지 않았든 이 말의 효력은 그렇다.

예문 "사회 초기에는 힘든 시간들이 오히려 득이 돼. 그러니 불평할 시간에 더 흡수해. 내가 시키는 것만 잘해도 어디 가서 일 잘한다는 소리 들을걸? 그러니 시키는 것만 잘해. 다 너희들을 위해 하는 말이다."

이 말은 주로 멋모르는 초짜들에게서 원하는 것을 얻어낼 때 활용되곤 한다. 화자에게 일종의 권력이 있을 땐 아무렇지도 않게 자신이 원하는 것을 담기도 한다.

나와 다른 선택을 했던 누군가의 삶이 빛나기 시작했고, 그래서 아랫배가 살살 아플 때도 이 표현이 활용되곤 한다. 충고 내용엔 '당신의 선택은 그다지 좋지 않다.'라는 식의 가능성을 내포한다. 더 나은 선택도 있지는 않을지, 주변을 돌아보게 한다.

그것은 우려의 형태로 전달되지만, 실제 효과는 상대의 발전 속도를 늦추는 것이다. 앞서 다뤘던 "기분 나쁘게 듣지 마."와 함께 사용하면 금상첨화. 상대의 정상적인 판단과 감정 모두 선수칠 수 있다.

"네 생각해서 하는 말이니까, 기분 나쁘게 듣지 마."

듣다 보면 싸늘해지는

심화 과정	나 스스로 이 말이 정말 상대를 위한 것이라는 최면에 걸려 있다면, 더할 나위 없이 완벽하다.
주의 사항	어디에나 눈치 빠른 사람들이 있다. 이는 나이나 계급의 높이와 상관없다. 그들은 '널 위한다.'라며 담 넘어오는 구렁이를 그냥 보고 있지 않을 것이다. 그렇게 당신의 얄팍한 충고가 그 민낯을 드러낸 후에는 어떤 말로도 상대를 설득할 수 없다.
참고	굳이 상대를 위하는 마음을 전하고 싶거나 상대에게 생각할 계기를 만들고 싶다면 "진심으로 얘기하는 건데."가 더 안전한 표현이다.

널 위해 하는 말이야

··

파괴력: ★☆☆☆☆

지속성: ★★★☆☆

뻔뻔함: ★★★★★

유의어: #네생각해서하는말 #나좋자고하는말이아니야

연관어: #기분나쁘게듣지마 #이말까진안하려고했는데 #그때가제일좋을때

대체어: #진심으로하는얘기야

나는 괜찮은데
다른 사람들이

가장 안 괜찮은 게 나야

심리학자 엘리자베스 루카스는 재밌는 실험을 하나 했다. 약 15퍼센트의 딸기가 상해 있는 바구니를 두 개의 그룹에 나눠주고, 한 그룹의 아이들에게는 상한 딸기를, 다른 그룹에게는 싱싱한 딸기를 고르게 한 후 물었다.

"싱싱한 딸기의 양이 얼마나 되는 것 같아?"

이 질문에 싱싱한 딸기를 고르게 했던 아이들은 거의 정확한 답을 내놓았지만, 상한 딸기를 고르게 했던 아이들은 싱싱한 딸기의 양이 실제보다 훨씬 적다고 답했다. 이 실험은 성인을 상대로도 진행되었는데 그 결과는 다르지 않았다.

심리학에서는 이러한 현상을 '부정성 효과Negativity effect'라고

듣다 보면 싸늘해지는

한다. 특정 존재에 대해 부정적인 정보가 존재할 때는 동일한 양 혹은 그 이상의 긍정적인 정보가 있더라도 부정적인 면에 가중치를 두게 되는 현상이다. 이론의 초기 정의는 사람의 인상에 한정되었지만 점차 제품이나 기업, 유명인 등의 이미지에서도 동일한 효과가 나타나는 것으로 확인되었다. 예컨대 호감도가 매우 높았던 기업이나 연예인이 단 한 번의 실수로 위기를 겪게 되는 경우를 우리는 자주 보았다. 그간 행했던 좋은 일들이 단 한 번의 부정적 사건으로 증발하는 것이다. 부정성 효과는 이토록 무섭다.

대부분의 부정성 효과는 직접적인 경험을 통해 발생한다. 평소 깔끔한 용모에 자기 관리를 잘하는 것으로 알려진 김 대리가 화장실에서 손을 씻지 않고 나가는 것을 보았다면(그가 그날만 씻는 것을 깜빡했다고 할지라도) 이후부터 나에게 비위생적인 사람으로 보일 수 있다. 부정성 효과가 작용한 것이다.

그런데 이는 제삼자의 말에 의해서도 발생할 수 있다. 내가 그 장면을 직접 보지 못했더라도 "김 대리가 화장실에서 손을 안 씻더라고. 그러고 보니 냄새도 좀 나는 것 같고…."와 같은 말을 듣는다면 새로운 시각이 생긴다. 그 말의 진실 여부를 떠나, 듣는 순간 투명했던 물 잔에 검은색 잉크가 떨어지는 것이다. 다시 투명해지려면 월등히 많은 양의 투명한 물이 필요해진다. 이처럼 말만으로 타인에 대한 부정성 효과를 만드는 건 참 쉬운 일이며, 사실 그 방법이나 결과에 대해 모르는 사람은 거의 없다.

자, 만약 누군가 당신에게 당신의 부정적인 면을 얘기한다면 어떻게 대처할 것인가. 아마도 그 이유를 물어볼 것이다. 그런데 정작 대답해줄 사람은 없고, 이미 여러 사람이 그렇게 생각하고 있다. 마치 출처 없는 소문처럼 말이다.

이게 무슨 말인가 싶겠지만 가능한 일이다. 화자가 전달자의 역할만 한다면.

나는 괜찮은데 다른 사람들이

❶ 나는 괜찮은데, 나 빼고는 다 안 괜찮다더라고.
❷ (사실은 내가 싫어. 내가 괜찮으면 말할 이유도 없거든. 갈등은 피하고 싶으니 이 사실은 숨길게.)

이 표현의 위력은 범위를 알 수 없는 불특정 다수가 화자의 뒤에서 나를 부정적으로 바라본다고 생각게 하는 점이다. 그들에게 일일이 정말이냐고 물어볼 수도 없는 노릇이니 같잖은 충고나 받아들이기 어려운 판지, 심지어 직접적인 비난조차도 이 말이 달라붙으면 쉽게 흘려보낼 수 없게 된다.

누군지조차 알 수 없는 사람들의 차가운 눈빛을 상상하면서 스스로에 대한 부정성 효과가 시작된다. 지난 시간들을 되돌아보

듣다 보면 싸늘해지는

며 유사한 장면을 잘게 곱씹는가 하면 본래 편하게 나누던 대화에서도 전에 없던 신경을 쓰기 시작하는 것이다. 상한 딸기가 잔뜩 뿌려졌다.

예문　"그런데 우진 씨는 원래 다른 사람을 잘 칭찬해요?"

"아, 네. 좋은 면을 더 말하는 편이에요."

"그렇구나. 뭐, 오해받을 만하네. ㅎ"

"네?"

"아니, 음, 나는 괜찮은데 다른 사람이 그렇게 생각하는 것 같아서요."

"아… 무슨 말씀이신지."

"좋은 말만 하는 모습이 능력보다는 아부로 승부 보려는 것 같아서 보기 불편하다? 뭐 이런… ㅎ"

"아… 그런 의도는 없는데요."

"알지, 알지. 나는 알죠. 그런데 다른 사람들은….."

아이러니하게도 우리는 부정적인 자극을 받기 전까지 무의식적으로 타인을 긍정적으로 평가하는 '인물 긍정성 편향'을 갖고 있다. 이러한 편향성은 별도의 자극이 없는 한 안정적으로 유지되다가 강력한 부정적 자극을 받으면서 비로소 부정성 효과로 이어진다. 달리 말해, 상대가 크게 개의치 않았거나 오히려 장점이라 생각했던 점일수록 위의 표현을 사용하면 그 파괴력이 증폭한다.

심화 과정

"다른 사람 생각도 좀 해야죠."

이 표현의 고수들은 좀 더 단호하고 강력한 말을 덧붙임으로써 상대에게 나타날 부정성 효과를 공고히 다지곤 한다.

참고

경험상 이 표현은 한 개인의 생각에서 복날 여드름 터지듯 흘러나온 경우가 많다. 다른 사람의 생각이랍시고 말을 옮겨주던 그 사람은 정작 그 '다른 사람들'이 동조하지 않는 상황에 놓이며 얼굴이 상기되거나 되도 않는 말들을 쏟아내곤 했다. 쏟아진 그것들의 모양새가 꼭 상한 딸기 같더라.

경험상 그렇다는 얘기. 앞으로도 그럴 것 같다는 예상.

듣다 보면 싸늘해지는

나는 괜찮은데 다른 사람들이

파괴력: ★★☆☆☆

지속성: ★★★★☆

간사함: ★★★☆☆

유의어: #다른사람생각도해야지 #이런말들어본적없어?

너만 알고 있어

아, 후련해

누군가의 비밀을 들으면 지키기 위해 병적으로 노력하는 버릇이 있다. 혹여 비슷한 맥락의 어떤 말이라도 뱉어버릴까 봐 일정 수준의 긴장감을 유지한다. 아무리 친한 사이라도 다른 사람의 비밀을 털어놓지 않는데, 그것은 내 것이 아니기 때문이다.

누군가에게 나의 비밀을 전하는 것 역시 신중하게 결정한다. 나는 비밀을 한 껍질 벗기면서 그에 준하는 해갈을 경험하겠지만, 상대방은 내 소유의 그것을 자신의 공실에 온전하게 보관하기 위해 노력할 것이기 때문이다.

한번은 이런 경험을 한 적이 있다.

듣다 보면 싸늘해지는

"저 사실은 동건 씨랑 사귀고 있어요. 아무한테도 말하지 않았으니 혼자만 알고 계세요."

세상에. 상상도 못했다. 놀란 마음으로 그녀의 비밀을 받아 들고 지하 깊은 곳의 금고로 들어갔다. 진열장 한 귀퉁이에 그것을 잘 모셔두고 금고문을 꾹 닫았다.

다음 날이었나. 다른 직원이 첩보원처럼 게걸음으로 다가와서는 말했다.

"1급! 1급! 이거 진짜 다른 사람한테 말하면 안돼요. 소영 씨랑 동건 씨랑 연애 중."

세상에. 세상에나. 나는 상상도 못 했다는 얼굴을 했다. 내가 알고 있었다는 사실도 비밀이기 때문이다. 그는 놀라는 내 모습을 흡족하게 바라보고는 진지한 표정으로 고개를 두어 번 끄덕이며 멀어졌다. 그 뒷모습이 조금은 개운해 보였다. 나는 그가 건네준 비밀을 어제 놓았던 비밀 꾸러미 옆에 같이 모셔두었다. 금고문 열고 닫는 것도 일이다.

"요즘 동건 씨랑 소… 음… 뭐 들은 거 있으세요?"

얼마 지나지 않아 다른 직원이 관련 얘기를 꺼냈다. 직감적으로 그가 이 일에 대한 뭔가를 알고 있다는 느낌이 들었지만 시치미를 뗐다. 매우 가까운 관계의 직원이었기에 그런 내 반응이 마치 거짓말을 하는 것 같아 불편했지만 비밀을 지키기 위해서는 어쩔 수 없었다. 그는 뭔가 고심하는 표정을 짓더니 주변을 두리번거리며 복화술을 펼쳤다.

"동건 씨랑 소영 씨⋯."

헐? 세상에. 그런 일이. 불과 며칠 전에 지었던 표정을 어렵지 않게 만들었다. 연기력이 성장하는 느낌이다. 그는 역시나 이 특급 비밀의 보안을 강조했다. 나는 전에 두었던 두 개의 보따리 옆에 그것을 두었다. 세 녀석이 나란히 평온한 얼굴을 하고 있다. 참 대단한 비밀들이다.

얼마 뒤 소규모 회식 자리가 열렸는데 마침 나에게 비밀을 건넸던 사람들이 모두 모였다. 나는 사내 연애와 관련된 주제가 안 나오길 바랐다. 이야기 속 당사자를 비롯한 이 세 명으로부터 동일한 주제의 비밀을 들었고, 각자가 나에게 얘기했다는 사실 역시 비밀이었기 때문이다. 감싼 보자기는 다른데 내용물은 동일한 그것들의 '알려지지 않을 권리'를 보호하기 위해 대화 내내 꽤나 공을 들여야 했다. 그래서 우연히 동건의 '동' 자라도 나오면(지나고 보니 우연히 나온 동이 아니었지) 따로 연결 지점을 만들지 않았고, 그간의 연기 경력을 끌어모아 침착한 표정을 유지했다. 그런데 대화를 한참이나 지속하다가 놀라운 사실을 알게 되었다.

"동건 씨는 잘 있나~? 지금 뭐하시려나 ㅋㅋㅋ"

내가 비밀을 지키려 했던 이 세 명은, 서로가 비밀을 알고 있다는 사실을 알고 있었다. 심지어 그 자리에 있던 다른 직원들도 비밀을 알고 있었다.

듣다 보면 싸늘해지는

참 신비로운 일이다. 분명히 잘 보관해둔 것 같은데, 발도 없는 비밀들이 비브라늄 소재로 된 직경 2미터, 두께 1미터의 금고 문을 열고 나와서는 어느새 모두가 볼 수 있는 술상 위에 턱 하니 널브러져 있다는 게!

내가 지키려던 것은 무엇일까. 나만 알고 있어야 했던 사실이었을까. 아니면 '나만 알고 싶지 않았던' 누군가의 짐이었을까.

너만 알고 있어

❶ 도저히 못 참겠어. 너한테 말해서 풀어야겠어.
❷ 너는 아무한테도 말하면 안 되는 거 알지?
   그러니 이 비밀의 무게는 네가 감당해.

우리는 알고 있다. 결과적으로, 내 입을 떠나는 순간 그것은 더 이상 비밀이 아니라는 사실을.

그럼에도 이 과정의 누군가는 받아 든 비밀을 지켜내기 위해 적지 않은 에너지를 소비하곤 한다. 당신의 입을 떠난 그것이 상대방의 심연 깊은 곳에 있는 금고를 대여하게 되는 것이다. 따라서 별도의 신호가 있거나 누구나 아는 공공연한 사실이 되기 전까지는 마치 매일 지불하는 이자처럼 일정 수준의 긴장감을 금고의 보안 유지에 투자하고 있는 셈이다. 보관 중인 상대방의 안위가 신경 쓰인다면 나 역시 그 비밀을 쉽게 다룰 순 없을 것이다.

예문　나에 대한 것이든 어디선가 듣게 된 것이든, 비밀을 타인에게 공유하는 이유는 그것을 지키기 위한 노력이 피곤하기 때문이다. 털어놓으면서 일종의 해소감을 경험하거나 위안을 얻을 수 있다. 다만 그 후련함을 다음 사람도 겪어버리면, 더 이상 비밀로 존재하지 않게 될 위험성을 증가시킨다. 따라서 이 표현은 내 권익을 충분히 누리고 상대의 것은 막는 목적으로 사용된다.

주의 사항　이 표현의 화자가 되었을 경우, 상대는 비밀을 말할 수 있는 대상이니 그만큼 당신에겐 신뢰가 높은 사람일 것이다. 상대방에게도 비밀이 된 그것을 쉽게 다른 이와 나눈다면, 그 순간이 반복될 때마다 당신에 대한 신뢰가 반씩 줄어들 것이다.

참고　만약 모두가 알게 되는 순간까지 당신의 비밀을 묵묵히 지켜준 사람이 있다면 그는 당신을 진심으로 존중하고 위하는 사람일 가능성이 높다. 놓치지 않길 바란다.

　　　　　　　　　　　　　듣다 보면 싸늘해지는

너만 알고 있어

....

파괴력: ★☆☆☆☆

지속성: ★☆☆☆☆

신뢰도: ☆☆☆☆☆

유의어: #어디말하면안돼 #믿는다

연관어: #어떻게다른데말할수있어 #어떻게나한테그래

내가 너 정도 됐으면

어차피 쉽게 얻은 거잖아?

친구 녀석 둘이 대화를 한다. 한 녀석은 범생이 스타일이다. 착실하게 공부해서 좋은 대학에 갔다. 늦지 않게 졸업했고 남들보다 빠르게 기회를 얻어 목표했던 회사의 면접을 앞두고 있었다. 다른 녀석은 자유인이다. 학창 시절에도 공부는 담을 쌓았고 이것저것 경험을 하면서 시간을 보냈다.

(범)생이는 신경 쓰는 게 많은 편이었고 (자)유인은 그렇지 않았다. 생이는 소극적인 성격인 반면 유인은 어디서나 당당했다. 생이가 면접에 대한 걱정을 하자 친구들과 그에 대한 대화를 나누었다. 그러다가 유인이 이해할 수 없다는 말했다.

"야, 좋은 대학 나왔고 장학금도 받았고, 뭐가 걱정이야?"

듣다 보면 싸늘해지는

"그래도… 긴장되는 걸 어떡하냐."

"어휴~ 쫄탱이 자식. 내가 너 정도 됐으면 합격은 따놓은 당상이야!"

자유롭게 살았던 유인의 눈에 생이의 염려가 닿을 리 없다. 유인에게 어려운 일이란 '해보면 되고 실패하면 나중에 다시 시도하면 되는 것'이기 때문이다. 일생 동안 이 목적만을 향해 달려온 생이의 면접을 체감하기 어렵다. 이해한다. 친구끼리 그렇게 말할 수도 있지 뭐.

그럼에도 유인의 표현이 생이에게 어떻게 전달될지는 알아둘 필요가 있다.

내가 너 정도 됐으면

네가 가진 그것들, 원래부터 있던 거잖아.

이 표현은 상대가 가진 좋은 성향이나 환경이 별 노력 없이 원래부터 탑재되어 있던 것이고, 따라서 그 좋은 패를 갖고도 한 발짝 못 나서는 꼴이 무력하다는 듯한 인상을 준다. 상대가 어떻게 현재에 도달했는지에 대해 고려하지 않는다.

도미노 게임을 상상해보자. 처음 놓는 도미노와 가장 마지막에 놓는 도미노가 같을까. 놓는 행위만 따지면 유사하지만 정작 그것을 행하는 사람의 입장에서는 전혀 다르다. 이 마지막 도미노는 지난 고행 후 나에게 주어진 소중한 기회이자 도전이기 때문이다. 그 순간 누군가 나타나 그깟 플라스틱 하나 놓는 일이 뭐 어렵냐고 한다면 어떤 기분이 들까.

예문   "내가 너 정도 머리면 행시, 사시 다 패스했어~!"

"너 정도 성격이면 회사생활 어려울 게 뭐 있어. 내가 너였으면 어휴-"

앞서 등장한 '유인' 같은 경우 어떤 일에 깊이 관여하지 않고 살아온 만큼 닥치게 될 일에도 크게 걱정하지 않는다. 다만 차곡차곡 쌓은 노력의 시간이 부족해 그만큼의 좋은 기회를 얻기도 쉽지 않다. 그의 입장에서는 '생이' 만큼 좋은 스펙을 가지면 못할 일이 없을 것 같은 기분이 들 것이다. 하지만 그것을 얻기 위해 동일한 시간을 고생하라고 하면 나올 말은 뻔하다. 미쳤냐?

따라서 이 표현은 상대가 현재에 도달하기 위해 노력하고 쟁취했던 시간들이 존재하지 않는 것처럼 여겨야 뱉어낼 수 있다.

듣다 보면 싸늘해지는

"나도 맘만 먹으면 그 정도는 할 수 있지."

글을 써서 처음으로 값진 보상을 얻었던 날이었다. 당시 수상자는 50만 원 상당의 상품을 받았는데, 나에겐 말로 형언할 수 없는 기쁨이었다. 그 소식이 공유되던 자리에서 누군가 이렇게 말했다.

농담으로든 혹은 스스로 위로하기 위해서든 할 수 있는 말이었다고 생각한다. 다만 '맘을 먹으면 될 수 있는' 그것이 다른 누군가의 값진 성과일 때는 웃어넘기기 힘든 말이 된다. 심지어 그는 취미로도 글을 쓰는 사람이 아니었다.

노력과 그 결과 자체를 대놓고 폄하하는 사람들을 만날 때가 있다. 이들에 비하면 '유인'의 말은 밉지 않은 수준이다.

생이와 유인은 현재 가깝게 지내지 않는다. 당시의 대화 때문은 아니겠지만 누군가의 소중한 것들을 습관적으로 낮잡아 표현하는 사람은 지내온 시간과 우정만으로 그 관계를 유지하지 못하는 경우가 많다.

참고   말이 참 아 다르고 어 다르다. '내가 너 정도 됐으면'은 가
정법이다. 그 형태를 인과형으로 바꾸면 의미가 크게 달
라진다.

"그래도 너 정도 되니까 그만큼 한 거야."

내가 너 정도 됐으면
··
파괴력: ★★★☆☆
지속성: ★★☆☆☆
얄미움: ★★★★☆

유의어: #넌그래도괜찮잖아 #원래잘했잖아 #내가맘만먹으면
연관어: #네가힘들게뭐있어 #나는더심해
반의어: #너니까

듣다 보면 싸늘해지는

네 잘못도 있어

아무튼 있어

예능 방송 〈신서유기〉에서 이수근이 규현의 핸드폰을 바닥에 떨어뜨렸다. 단체로 셀카를 찍는 상황이었는데 핸드폰을 들고 있던 규현에게 민호가 '위치상 수근이 형이 들고 찍는 게 낫지 않겠느냐'고 말했고, 건네는 과정에서 이수근이 실수를 한 것이다.

멤버들은 이 사건에 대한 잘못의 지분을 따져봤다. 자연스레 핸드폰의 이동을 제안한 민호가 10퍼센트, 그걸 떨군 수근이 90퍼센트인 것으로 일단락되는 듯했다. 그런데 지분 0퍼센트인 은지원이 규현에게 "네 잘못도 있어."라는 말을 꺼내면서 각자의 지분율이 재구성되기 시작했다. 급기야 지원은 "네가 애초에 셀카를 찍지만 않았어도 이런 일은 발생하지 않았다."라며 규현의 잘못을

100퍼센트로 몰아붙였다. 분을 삭이던 규현이 절규했다.

"그런 식이면 내가 태어난 게 잘못이네!?"

"어…? 어?"

"아니네? 날 태어나게 했으니, 우리, 우리 부모님이 잘못했네!"

"아…?!"

그의 탈룰라 화법에 종전까지 놀리던 멤버들이 입을 꾹 다물며 해프닝은 종료됐다. 그런데 이 웃긴 장면에서 알 수 있는 게 하나 있다. 누군가에게 잘못의 비중을 만들어내는 건 생각보다 쉽고 짜릿하다는 점이다.

네 잘못도 있어

결국엔 네가 원인 제공자야.

유치원 선생님의 올바른 교육법을 들은 적이 있다. 두 명의 아이가 다투고 있을 때 '둘 다 잘못이 있으니 악수하고 끝내라'는 식으로 퉁쳐서는 안 된다는 것이다. 크게든 작게든 원인을 제공한 사람이 있을 것이고 그것을 다툼으로 촉발시킨 사람, 만약 몸싸움이 있었다면 손이나 발을 먼저 올린 사람도 있다. 모두 한 아이의

듣다 보면 싸늘해지는

소행일 수도 있고 아닐 수도 있다. 심지어 그것은 다투는 게 아니고 일방적으로 괴롭히던 상황일지도 모른다.

이런 교육법이 있는 이유는 '모두에게 잘못이 있다는 말'이 제삼자 입장에서 뱉을 수 있는 가장 속 편한 표현이기 때문이다. 당연하게도 어떤 사건이 일어나기 위해서는 수많은 변수들이 필요하며 그것들을 세포 단위로 쪼개보면 결국 누구나 잘못은 있기 마련이다. 이대로라면 규현은 태어난 게 잘못이 맞다.

예문 "그런데 과장님이 퇴근 시간 다 돼서 갑자기 이건 어떠니 저건 어떠니 하면서 얘기하는 거야. 들어보면 문서를 제대로 보지도 않았어. 그냥 딱, 집에 가려니까 생각나서 대충 훑어본 거야. 나는 일 다 해놓고도 퇴근하다가 다시 앉았다니까?"

"근데 그건 네 잘못도 있네. 과장이 놓칠 수도 있으니 미리미리 봐달라고 말했어야지."

"했지~ 내가 안 했겠어? 오전에 한 번, 점심 먹을 때 한 번, 오후에는 두 번이나 말했어. 대답도 어찌나 척척 잘하는지! 다 보는데 10분이면 되거든? 그런데 퇴근 직전까지 안 한 거야! 아오… 열 받아."

"너는 내용을 아니까 10분이겠지. 빠르게 볼 수 있도록 요약하거나 중요한 곳에 표시해놨으면 어땠을까?"

"했어. 메일 본문에도 확인해야 할 부분 적어뒀고, 문서에도 다 표기해뒀는데."

"오늘 안에 확인해야 된다고도 말했어?"

이 표현의 매콤함이 극대화되는 순간은 누군가 당신에게 자신의 억울함을 토로할 때다. '나는 공평하다.'라는 자기 최면에 취한 채 상대의 잘못 유무를 먼저 진단한다. 상대의 상황을 공감하면 잘잘못부터 따지기 쉽지 않을 테니 공감 세포는 잠시 꺼두고, 상대에게 분명히 존재하는 잘못을 찾는 방향으로 대화를 이어간다.

이런 식으로 대화를 할 작정이라면 그 끝에서 상대방의 잘못을 발견하지 못해도 상관이 없다.

결국 '누구나' 잘못은 있을 테니 그걸 이 자리에서 꼭 밝혀야 하는 건 아니기 때문이다.

"오늘 안에 확인해야 된다고도 말했어?"
"바로 확인이 필요한 거라고는 했지."
"더 정확히 말했어야지. 네 잘못도 있네."

**심화
과정** 왕따, 성폭행 등과 같은 엄연한 피해자에게도 이런 식의 태도를 배설하는 사람들이 있다. 원인을 제공했다는 식으로 말이다. 당사자가 되더라도 그렇게 말할 수 있을까.

듣다 보면 싸늘해지는

참고 　　누군가 당신에게 하소연을 하는 이유는 자신이 겪었던 상황에 대해 평가가 아닌 공감을 원하기 때문이다. 그만큼 당신은 의지가 되는 사람이다. 그러니 눈에 아른거리는 게 있더라도 공감을 먼저 해보자. 당신이 똑똑하고 현명하고 공정하며 어지럽게 꼬인 실타래를 기가 막히게 푸는 사람인 건 충분히 알겠다. 다만 상대를 위한다면, 어떤 말보다 공감하는 것이 먼저임을 잊지 말자. 만약 상대가 가진 모순을 전달하고 싶다면 속풀이 시간이 끝난 후에도 늦지 않다.

네 잘못도 있어

···

파괴력: ★★★☆☆
지속성: ★★★☆☆
습관성: ★★★☆☆

유의어: #네가좀더잘하지 #너는그럴만해
대체어: #이렇게생각해보면어떨까

그러든가

말든가

후배가 상담을 청한 적이 있다. 최근 들어 남친의 태도가 무심해져서 다른 사람이 생긴 건 아닌지 고민이라는 것이다. 그의 몇몇 무심한 상황을 예로 들었는데 유독 같은 표현이 자주 들렸다.

"그러든가."

그러든가

❶ 나에게 더 이상 중요한 결정이 아니어서 신경 쓰고 싶지 않아.

듣다 보면 싸늘해지는

'그러든가'의 표면적 역할은 결정할 사항이 있을 때 그 선택권을 상대방에게 부여하는 것이다. 따라서 그 무게 자체가 가볍거나 서로 간의 오해가 없는 상황에서는 이 표현으로 인해 심각한 갈등이 생길 일이 없다. 하지만 결정 대부분에 있어 서로에 대한 태도가 반영되는, 가령 연인 간에는 사소하게 뱉었던 이 표현이 상대방의 기운을 쭉 빼거나 분위기를 안 좋은 방향으로 몰아가는 도화선이 될 때가 있다.

"요즘은 같은 색의 커플티보다는 시밀러 룩이 유행이래. 이걸로 살까?"

"음, 그러든가."

"봄이니까 좀 화사한 톤으로 살까?"

"그러든가."

남친 입장에서 정말 어떻게 결정되든 상관없었다면 상황은 심플해진다. 잠시 다른 생각을 했거나, 옷은 몸을 가리는 사회적 재화일 뿐이라고 여기거나 혹은 정말 다른 사람을 좋아하거나. 여하튼 이 선택에 크게 관심이 없다는 것이다. 여친의 예상과도 어느 정도 방향이 같다.

그런데 나는 남친이 최근 왜 그런 태도를 보였는지 알고 있었다. 그 역시 나의 지인이기 때문이다. 그는 관심이 없어서 그렇게 말한 게 아니었다. 반대로, 서운한 일이 있는데 여친이 알아주지 않아서였다.

그러든가
❷ 이 결정에 앞서 해결하고 싶은 게 있는데 모르겠어?

그의 입장에서는 어딘가 쌓여 있는 불편한 감정을 해소하려 이런 표현을 사용했겠지만, 안타깝게도 여친 입장에서는 그 불편함의 원인은커녕 남친이 뭔가 불편한 상태라는 것조차 인지하기 못했다. 그녀는 단지 남친의 모호한 태도로 인해 답답했고, 마침내 미적지근하게 발을 빼는 '그러든가'를 들으며 답답함이 찝찝함으로 변했을 뿐이다.

"아니, 그래서 자기는 언제 어디로 가고 싶은 건데? 8월 말에 동해? 그때 휴가 신청한다?"

"어, 그러든가."

"지금 나랑 장난해?"

남친도 이런 결과를 의도하고 뱉은 말은 아니었을 것이다. 어째서 속에 있는 생각을 솔직하게 털어놓지 않고 무관심한 태도를 드러냈을까. 심리학에서는 이를 수동-공격성Passive-aggressive behavior이라고 하는데 '내면의 적대감이나 부정적 감정을 직접 드러내는 것이 아니라 간접적으로 표출하는 것'을 의미한다. 수동-공격성에 해당하는 네 가지 대표적인 행동 유형은 아래와 같다.

1. 모호한 표현

공개적이거나 직접적으로 자신의 불편한 감정을 드러내지 않음(예: 표현상 화난 게 명백한데 그에 대한 이유를 설명하거나 드러내지 않고 부인).

2. 고의적인 태만

약속에 일부터 늦거나 까먹는 방법 등으로 상대에 대한 불만을 표현(예: 부서 간/개인 간 업무에 협조하지 않거나 보수적인 태도로 진행을 미묘하게 방해).

3. 표면과 다른 의도

칭찬을 하는 듯하면서 티 나지 않게 상대방의 약점을 드러내는 언행을 함. 소위 말하는 돌려까기.

4. 거리두기

겉으로는 가까운 듯 대하지만 분명한 거리를 유지함.

이외에도 뒷담화, 빈정거림, 시무룩한 태도, 침묵, 모르는 척, 고의적인 훼방 등의 많은 태도가 이에 해당된다. 앞선 사례에서 남친이 사용한 '그러든가'는 네 가지 유형 중 '모호한 표현'인데, 수동-공격성의 가장 큰 특징은 스스로도 공격하는 순간을 감지하기 어렵다는 것이다. 따라서 그것을 표면적 의미로 받아들인 상대방의 날 선 반응은 당황스럽기 그지없다.

"지금 나랑 장난해?"

"어? 왜…? 뭐가?"

"아니 지금 여행을 어디로 갈지 이런 게 하나도 안 중요해?"

"아니. 그런 건 아닌데."

"아니면 자꾸 왜 그러는 건데."

왜 그러는지 본인도 모르는데 상대방의 질문에 어찌 시원하게 답할까. 쉽지 않은 일이다. 여친 입장에서 관계를 발전시키거나 갈등을 해결하려고 노력한다고 해도 어려운 건 마찬가지다. 남친이 자각하지 못하므로, 자신의 '무관심한 태도'와 '서운했던 감정'을 같은 선상에 두기 어려운 만큼, 긍정이든 부정이든 여친이 참고할 수 있는 명료한 반응도 나오기 어렵기 때문.

혹여 그 연결점을 찾기 위한 대화에서 감정이 격해지면, 수동 공격자는 더 방어적인 태세로 접어들고 어떤 책임도 부인하며 뻗대기 시작한다.

"관심 없어서 그런 게 아니라. 나도 동해가 좋다니까? 8월에 휴가도 쓸 수 있어! 뭐가 문제지?"

주의 사항 수동-공격은 가성비가 매우 좋은 공격 방법이다. 갈등에 직면하지 않더라도 쉽고 간편하게 불편한 감정을 드러낼 수 있기 때문이다. 투입한 노력 대비 그 효과도 좋아서 복수를 의도한 경우 달콤한 결과를 맛볼 수 있고, 나름 합리

듣다 보면 싸늘해지는

화하기도 수월하다.

이처럼 수동-공격적인 방식은 근본적인 문제는 해결되지 않은 채 넘어가는 상황을 늘린다. 내 공격이 상대방이나 나에게 어떤 영향이 있는지도 체감하기 어렵다. 따라서 이런 방식에 익숙해지면 점점 더 과감한 방식으로 강한 자극을 찾게 된다. 앞의 사례에서 남친이 사용한 '그러든가'는 사실 가까운 관계에서 나타날 수 있는 가장 보편적이고 낮은 레벨에 속하는데, 이러한 경향이 발전하게 될 경우 그 수준은 주변의 모든 관계로 넓어지고 그 강도도 더 심해진다. 아래의 발전 단계를 살펴보자.

1단계 _____ 표면적 동의. 말로만 상대의 요청에 따르는 것. 정작 행동은 하지 않거나 지연시킨다. 가령 침대에 누워서는 상대방의 연락에 "어, 지금 가고 있어~"라고 답변하는 것이 이와 같다.

2단계 _____ 의도적 무능. 요청은 따르되, 고의로 못하거나 효과적이지 않은 방식으로 진행한다. 이를테면 자녀에게 방을 치우라고 시키자 당장 치울 필요가 없는 물건들까지 꺼내놓고 어디에 둬야 할지 모르겠다고 하는 것. 예전에 연구원으로 선발한 직원에게 문서의 원본과 사본을 비교하는 업무를 요청한 적이 있었다. 반복되는 성격의 단순 작업이었고 직무 상관없이 전 직원이 참여해야 했다. 그녀는 평소 총명했던 머리의 전원을 꺼버린 듯 멍하고 느리게 일을 하였고, 마침내 이해할 수 없는 실수를 연발하다가 이내 사고로 이어졌다. 무슨 일이 있나, 실수도 안 하는 사람인데. 여러 추측들이 있었지만, 수동-공격적 관점에서 바라보면 참 간단하다. 그녀는 그 일을 원하지 않았다.

3단계 _____ 문제 방치. 그대로 두면 문제가 발생할 수 있는 상황을 알면서도 그대로 둔다. 부모님께 빌렸던 차를 반납할 때 기름을 안 넣으면 바로 사용할 수 없는 걸 알면서도 그대로 둔다는 것이 예인데, 이 개념은 그 발생지인 미국의 문화가 담겨 있으므로 다시 아까 그 연구원 얘길 해보자.

그녀는 똑똑한 사람이었다. 그전까지 자신의 업무를 잘 처리했기 때문이다. 다만, 자신의 것이 아닌 업무를 받은 순간부터는 달랐다. 이 부분을 확인하지 않고 넘어가면 문제가 발생할 확률이 높다는 것을 충분히 알았을 것이다. 그러나 그대로 둔 것이다. 회사에서는 그녀의 실수를 문제 삼지 않았지만, 그 사건 이후로 그녀는 본래 잘했던

듣다 보면 싸늘해지는

업무에서도 같은 문제들을 일으키다가 결국 스스로 퇴사
했다.

4단계 _____ 숨겼지만 의식적인 복수. 이쯤부터는 드
라마에 나올 만한 방법이다. 이전 단계처럼 해야 할 행동
을 철회하는 것이 아니라, 실질적인 행위를 하는 것이다.
'수동적' 범위 내에서 가장 능동적인 공격이 발휘되는 시
점이다. 상대방에게 드러나지 않을 뿐이다. 예컨대 승진
을 원치 않는 누군가의 발표가 제대로 진행되지 않도록
특정 기기의 선을 뽑아놓는다거나 대답하기 어려운 질문
을 하여 그 과정을 방해하는 것이다.

5단계 _____ 자기 파괴. 사소한 말 한마디를 시작으로
이토록 장황한 설명을 늘어놓은 이유는, 그 끝이 결국 이
곳에 닿아 있음을 공유하기 위해서다. 수동-공격성은 내
면의 불편이나 갈등을 외부와 효과적으로 풀어내지 못해
서 나타나는 행동이다. 외부, 즉 주변관계는 그런 모습을
마냥 좋게 이해하지 않을 것이고 내가 몰래 공격할 수 있
는 대상도 그만큼 줄어, 결국 총구는 자신을 향하게 된다.
청소년기의 돌발행동은 자신을 파괴하는 수동-공격성의
대표적인 예다. 부모님에게 복수하기 위해 단식투쟁을

하거나 술, 담배 등 몸에 좋지 않은 것들을 일부러 선택하는 것이다. 그 시절의 행동들을 중2병이라며 웃어넘기는 성인이 되었을지라도, 수동-공격성에 익숙해지다 보면 같은 실수를 반복할 수 있다. 오히려 (청소년기에 비해) 주변에서 알 수 없는 더 정교한 형태로 나를 갉아먹게 되는 것이다.

참고   앞서 언급했듯 수동-공격성은 그런 행동을 하면서도 스스로 모르는 경우가 매우 많다. 달리 말하면, 내가 그런 태도를 갖는다고 알아채는 것만으로도 그 수준이 심해지지 않도록 예방할 수 있다. 오늘을 계기로 한번 돌아보면 어떨까.

그러든가

....

파괴력: ★★★☆☆
지속성: ★★★☆☆
간편함: ★★★★☆

유의어: #그래그럼 #난상관없어 #네맘대로해
반의어: #사실은

듣다 보면 싸늘해지는

나는 더 그래

현재형 '나 때는'

"어떡해…. 나 살 너무 쪘어."
"야, 나는 더 그래. 넌 괜찮아~ 내가 쪘지."

나는 여성들이 나누는 체중과 관련된 주제에 공감하지 못하는 경우가 많다. 내 눈에는 전혀 문제가 없어 보이는데 너무 쪘다며 걱정하는가 하면, 살을 뺐다며 좋아하는데 어떤 변화가 일어난 건지 체감할 수 없기 때문이다. 아니, 성별을 떠나 내 눈은 외모의 차이를 구분하는 기능이 존재하지 않는 듯하다(심리적 차이를 포착하는 것에 집중되었다고 위로해본다…). 그런데 위 대화를 나누던 두 사람의 차이는 이 막눈으로도 구분이 가능했다. 살이 쪘다고 걱정하는 사람은 내 눈에도 살이 찐 상태였고, 상대방은 날씬한 사람이었다.

나는 상대방의 답변을 들으며 화자의 비언어적 패턴이 깨지는 걸 목격했다. "에이, 네가 살찔 데가 어디 있다고 그래~"라고 유연하게 답했지만, 말을 뱉기 전 그녀의 밝은 표정이 일순간 해제되며 오른쪽 눈가가 경직되었다. 스산한 침묵이 흘렀다. 이내 웃는 얼굴로 뒤덮였지만 그녀에게 머물렀던 찰나의 살기를 보았다. 세상에, 왜 저렇게 무서운 표정을 짓게 되었을까.

나는 더 그래

네 고민은 별게 아니야.

누군가의 고민이나 고통을 뭉개는 방법은 여러 가지가 있는데, 가장 대표적인 건 앞 단원에서 다루었던 '나 때는'이다. 그런데 이 표현을 사용하려면 내가 상대방보다 앞선 경험이 있어야 하고, 따라서 같은 연령대보다는 세대가 다른 선후배 사이여야 사용이 수월하다. '나 때는'이라는 표현은 '나는 더 그랬어.'로 풀어서 말할 수 있고, 이는 과거형이기 때문이다. 동시대를 살며 유사한 상황을 겪고 있는 친구나 동료 간에 사용하려면, 이것을 현재형인 '나는 더 그래.'로 변형해야 한다.

예문　　"몸도 다 망가졌어. 심지어 애는 새벽에도 몇 번씩 우는데 남편은
　　　　　쿨쿨 잘만 자는 거야."

　　　　　"어머, 나는 더 그래."

　　　　　(너는 미혼이잖…)"너? 왜? 뭐가?"

　　　　　"남친이랑 1주년인데 회사 워크숍 때문에 못 만나."

　　　　　'나 때는'은 이전 시대의 상황을 공유하여 보다 열악했던
　　　　　당시의 세대적 고충을 스스로 보상받으려는, 어찌 보면
　　　　　나름의 결의를 담고 있는 표현이다. 반면에 '나는 더 그
　　　　　래.'는 이런 심오한 목적 따위 없다. 내 코가 석자라고 생
　　　　　각될 때, 상대의 고민을 받아들이기 싫을 때, 혹은 그냥
　　　　　갑자기 자랑질을 하고 싶을 때 사용되곤 한다.

　　　　　그 자리에 신이 나타나지 않는 이상 누구의 고민이 더 큰
　　　　　지는 알 수 없다.

참고　　나의 좋지 않은 상황으로 상대를 위로하기 위해 이런 표
　　　　　현을 사용하는 경우가 있다. 의도는 좋으나 앞서 '나 때
　　　　　는'에서 다룬 바와 같이 개인의 고통 수준은 개인 내에서
　　　　　만 비교가 가능하다. 만약 그런 의도로 자신의 처지를 말

할 요량이라면, 상대의 상황을 충분히 공감한 후에 '사실 나는 이런 일을 겪고 있다.'라는 말로서 내 공감의 진정성을 표현할 수 있다. 이어서 상대가 어려운 상황에서도 노력했던 부분을 언급하고 격려한다면 좀 더 효과적인 위로의 시간이 될 것이다.

나는 더 그래

파괴력: ★★★☆☆
지속성: ★☆☆☆☆
습관성: ★★★★☆

유의어: #그건아무것도아니야 #나때는 #고작
대체어: #힘들겠다 #나도그래

듣다 보면 싸늘해지는

언젠간 이해하게 될 거야

그러니 받아들여

"언젠간 이해하게 될 거야."

어렴풋한 기억 속 어딘가, 영화였었나, 만화였었나. 한 여인이 흐르는 눈물 사이로 어렵사리 미소를 띠며 꺼내는 대사다. 남자는 눈앞에서 멀어지는 그녀를 바라보며 흐느낀다. 장면만 놓고 보면 아련하기 그지없다. 왜인지 여인의 상황에 호기심이 생기고 그 '언젠간'이 속히 다가와 그들의 상황을 이해하고 싶어진다.

그런데 이 말을 막상 실제로 듣게 되면 느낌이 좀 다르다.

"선배님, 팀 과제인데 왜 후배들만 참여해요?"

"음, 언젠간 이해하게 될 거야."

말하는 사람 입장에서는 마치 극 중 여인처럼 나름의 사연을 갖고 (자신만 들리는) 아련아련 BGM 속에서 이렇게 말할지 모르지만, 듣는 사람 입장에서는 본편인 줄 알고 보기 시작한 영화가 예고편으로 끝나는 느낌을 받는다. 내용이 없기 때문. 개봉일은 미정.

언젠간 이해하게 될 거야

넌 아직 뭘 몰라. 너도 나처럼 될 거야. 왜인지는 설명하기가 어렵네.
그러니 이유는 묻지 마. (BGM 잘 들리지?)

이 표현은 주로 이해관계가 얽힌 대화, 때에 따라서는 논쟁이나 갈등이 이어지다가 어느 한쪽에서 마치 상대방을 헤아리고 져주는 듯한 뉘앙스로 사용되곤 한다. 그런데 사실상 이런 표현을 사용하는 속내는 자신의 현재 행동을 변호하려는 데에 있다. 그것을 타인의 시선에 맞춰 설득력 있게 말하기 어렵거나 혹은 그저 번거롭기 때문에 해명하는 것을 포기하고 '상대방은 아직 모르는 영역'을 만들어내는 것이다.

듣다 보면 싸늘해지는

여친: "왜 화가 난 건데? 내 친구 때문에?"

남친: "아니야. 됐어. 괜찮아."

여친: "말을 해줘야 알지. 이해하고 싶어서 그래."

남친: "언젠간 너도 이해하게 될 거야."

여친: "…!?"

표현 자체에 상대방을 낮잡는 심리가 숨어 있어서 주로 부모님이나 선생님, 선배들이 그 아랫사람에게 자주 사용할 것 같지만 꼭 그렇지도 않다. 동년배 간에도 얼마든지 활용되곤 하는데, '언젠간 이해하게 될' 그 사건이란 게 누구나 동일하게 겪는 것이 아닌 개인의 주관적 경험이기 때문이다. 따라서 그 '언젠간'을 영원히 마주하지 못하는 타인도 존재하는 법이다. 그것도 꽤나 많이.

**심화
과정**

"김 과장은 안 돼. 딱 보면 알아."

"네가 저 사람도 아닌데 어떻게 그렇게 확신해?"

"에휴, 네가 아직 뭘 몰라서 그래."

이 분야의 고인 물들은 스스로도 확신하지 못할 얘길 해버리곤 이런 말을 더하며 무종無終의 미를 거두곤 한다.

주로 선배들로부터 이 표현을 듣곤 했다. 시간이 지나면 이해하게 될 거라고. 나도 결국 그들처럼 될 거라고 했지만, 막상 비슷한 연배와 환경에 놓여보니 당시의 메시지가 더욱 이해되지 않더라. 심지어 선배들이 순응해버린 그것을 누군가는 완전히 극복하여 다른 미래를 맞이하고 있었다.

작은 갈등이든 혹은 오래도록 이어져온 힘든 시간이든, 이런 말로 여러 상황을 모면하다 보면 (말 그대로) '상대방이 언젠간 이해할 것'이라고 스스로도 착각하게 될지 모른다. 상황이 나아지면 지금의 상황들은 웃으며 이야기할 수 있을 거라고.

하지만 누군가에 대한 기억은 하나의 바구니에서 새로운 것을 덮어쓰는 게 아니라, 고차원의 차트에 시간별로 수많은 점을 찍는 것이다. 그 점들을 이은 전반적인 형태가 나에 대한 기억이자 우리 관계의 모습이 된다. 한두 번이야 이런 말로 상황의 어려움을 때울 수 있겠지만, 늘 이렇게 오지 않을 미래만 만든다면, 누군가에게 당신은 입체감 없는 1차원 점으로 기억될 것이다.

어린이와 대화를 한다고 생각해보자. 아이의 시각을 새로운 것으로 받아들이지 않고 언젠가 채워질 논리의 구

듣다 보면 싸늘해지는

멍으로 일축한다면 원활한 대화가 이뤄질 수 있을까. 눈높이를 맞추기 위해 무릎조차 굽히지 않은 것이다. 이 아이는 어린 시절의 당신과 모든 면에서 완전히 다른 새로운 존재다. 그런 태도로는 그 시절의 당신을 만난다고 해도 설득하기 어려울 것이다.

아무리 나이나 경험이 적은 후배라도, 대화를 하고 있는 상대방이 나와 독립적인 존재라는 걸 염두에 둘 필요가 있다.

인간은 성장하며 어느 정도의 관계 형태를 내면에 먼저 만들고, 그곳에 타인을 배치하며 사회화 과정을 겪는다. 따라서 눈앞의 상대가 '나와 별도의 존재'라는 걸 의식하지 않으면 마치 내 존재의 연장선인 것처럼 착각을 하고 대화를 하기 쉽다고 한다.

내 경험은 나의 것으로 국한하여 전달할 필요가 있다.

참고 II 이따금 타성을 떨구고 모든 게 새롭던 그 시절의 나를 떠올려봤으면.

"당신은 얼마나 많은 질문을 갖고 있는가. '나는 누구인가, 인생은 무엇인가'에 관해 깊이 생각해본 적이 있는가. 그렇게 거창한 물음이 아니더라도 주변의 일상에 의문을 가져본 적이 있는가. 그게 언

제였던가. 모든 게 심드렁해진 건 아닌가. 호기심 많던 그 아이는

어디 갔을까."

_《강원국의 글쓰기》 중[●]

언젠간 이해하게 될 거야

....

회피력: ★★★★☆

파괴력: ★★☆☆☆

지속성: ★★★☆☆

유의어: #네가뭘알겠냐 #시간이지나면알게될거야

#너도내입장돼봐 #너도별 수 없어

연관어: #너도당해봐

대체어: #내가겪은바로는

[●]   《강원국의 글쓰기》, 강원국 지음, 메디치미디어, 2018.

듣다 보면 싸늘해지는

입맛 뚝 떨구며 주먹을 부르는

Chapter 3.

미각 편

툭툭 날리는 잽으로 사소한 대화도
기어코 갈등으로 만드는 말들

차라리

이건 어때?

공동 합의를 끌어내야 할 때 스스로 의견을 내지 않고 다른 이의 생각에 역으로 제안만 하며 판을 어지럽히는 사람이 있다. 이런 사람과 회의를 하다 보면 처음 던졌던 주제는 온데간데없고, 꼬리에 꼬리를 물던 말들이 이내 그 형체를 알 수 없을 만큼 흩뿌려진다. 뒤늦게 쓸 만한 걸 뒤져봐도 없다. 진전된 게 없으므로.

　가까운 사람과의 대화에선 더 심하다. 친구가 긴 숙고 끝에 내린 결정을 얘기하면, 장단점이라든가 느끼는 바를 답하지 않고 대뜸 새로운 아이디어부터 던진다. 상대방 입장에선 시간을 들인 결과일 텐데, 깊이 따져보지도 않고 드라마 속 인물 홍보듯 툭 뱉고 보는 것이다. 이렇게 대화의 맛을 떨구는 사람들이 자주 쓰는

입맛 뚝 떨구며 주먹을 부르는

표현이 있다.

"차라리 이건 어때?"

차라리. 단어의 길이가 길지 않고 언제든 자연스레 사용할 수 있지만, 지칭하는 대상에 따라 뉘앙스가 꽤 달라진다. 우선 아래의 예시를 살펴보자.

아, 내 소년 시절의 여자 친구가 저세상 사람이 되었다니. 차라리 그녀와 사귀지 않았더라면, 이처럼 심하게 고민하지 않았을 텐데⋯.

_《젊은 베르테르의 슬픔》 중

이 예문은 '차라리'를 포함해도 보고 듣기에 불편하지 않다. 그 대상이 화자 자신을 향하고 있어서다. 이런 경우 주로 자신의 선택에 대한 아쉬움을 나타낸다.

그렇다면 타인이 대상일 때는 어떻게 달라질까. 단어의 사전적 의미를 통해 그 효과를 먼저 유추해보자.

차라리:

여러 가지 사실을 말할 때 저리하는 것보다 이리하는 것이 나음을 이르는 말. 대비되는 두 가지 사실이 모두 마땅치 않을 때 상대적으로 나음을 나타낸다.

_ 네이버 국어사전

주목할 부분은 '모두 마땅치 않을 때'이다. 쉽게 말해, 눈앞에 놓인 선택지나 의견들이 딱히 훌륭하지 않다는 뜻이다. 자신을 대상으로 할 때와 달리, 타인을 대상으로 할 경우 그 선택지를 만든 사람은 내가 아니다. 아래의 두 문장을 비교해보면 이 표현이 지니는 뉘앙스를 체감할 수 있다.

"이번 팀 프로젝트를 도연 씨나 영미 씨와 진행하려고 하는데 누가 나을까요?"
"시영 씨가 낫지 않을까요?"

"이번 팀 프로젝트를 도연 씨나 영미 씨와 진행하려고 하는데 누가 나을까요?"
"차라리 시영 씨가 낫지 않을까요?"

두 답변 모두 상대방이 제시한 선택지를 뒤집는 말이지만, 앞의 답변은 시영 씨가 이 프로젝트에 적합한 사람이라는 뉘앙스가 더 강하다. 반면에 두 번째 답변은 도연, 영미 씨의 실력이 부족하니 차선책으로 시영 씨를 선택하라는 의도로 전달된다.

입맛 뚝 떨구며 주먹을 부르는

차라리

네가 말한 것들, 일단 별로야.

이처럼 '차라리'는 (앞서 다뤘던 '감히'처럼) 지칭하는 대상을 낮잡는 효과가 있다. 충분한 설명이 따르지 않는 이상, 다른 사람의 생각은 고려할 필요가 없는 것처럼 전달되기 쉽다. 글 서두에서 소개했던 예시들이 그 대상을 자신으로 하고 있는 이유다.

예문   회의는, 아니 회사는 어떻게든 결과에 도달하므로 이런 표현이 오가도 전체적인 진행에 무리가 없겠지만, 개인적인 관계는 조금 다르다.

(내일 면접을 위해 준비한 PPT와 발표할 내용에 대한 설명 후) "그런 다음 여기서 질문 받으면서 마무리하려고. 어때?"
"음, 차라리 키노트로 발표하면 어때?"
'한달을 준비했는데 하루 전에 바꾸라고? 이 뭔 개ㅅ….'

의견을 내는 것 자체는 괜찮다. 다만 누구에게나 중요한 결정이 있다. 진로를 정하거나 원하던 자격증을 취득하는 것, 몇 개월 동안 기다리던 한정판 제품을 받거나 하는 것들 말이다. 내 한마디가 그 중요한 결정을 깃털처럼 가볍게 만들 수 있다.

"오늘 예식장 선금 내고 왔어."

"정말? 어디서 해?"

"○○○홀에서 하려고."

"으잉? 거기서 할 바엔 차라리 ◇◇◇가 낫지 않아? □□□도 있고."

우리의 인생엔 한번 결정하면 쉬이 바꿀 수 없는 것들이 있다. 어렵사리 들어간 직장이 그렇고, 결혼을 결심한 반려자가 그렇다. 선금을 치른 예식장도 그렇고 곧 출발을 앞둔 신혼여행 장소도 그렇다. 곧 태어날 아이의 이름이 그렇다. 바꿀 수 없는, 이미 너무 많은 고민 끝에 결정했기에 바꾸고 싶지 않은 중요한 선택들.

이런 선택은 사실 답변이 어느 정도 정해져 있다. 직접적으로 요구하는 건 아니지만 바라는 바가 사실상 축하와 격려이기 때문이다. 그런데 이런 상황에도 '차라리'와 함께 자신의 번뜩이는(말 그대로 순간의 생각으로 번쩍 떠오른) 아이디어를 던지는 사람들이 있다. 이 정도 레벨에 도달

입맛 뚝 떨구며 주먹을 부르는

한 사람들은 '그럴 바엔'이라며 매콤한 양념도 치곤 한다. 이 분야 최고 존엄에 도달한 자들은 선택할 수 없고 바꿀 수도 없는 일생일대의 중요한 일에 대해서도 이 말을 기어코 뱉고야 만다. 아래의 예문을 보면 차라리라는 말이 얼마나 영양가 없이 상대를 괴롭힐 수 있는지 보여준다

"드디어 성별 확인했어. 아들이래 ㅎ."
"축하~ 근데 너희 부부는 차라리 딸이 어울리는데."

참고로 이 예문은 실제 목격한 사례다. 어떻게 자식의 성별에 차라리라는 말을 붙일 수 있는 걸까. 습관이라는 게 참 무섭다. 자신에게도, 타인에게도.

주의 사항 심리치료 중 '스스로 자신의 친구가 돼서 하고 싶은 말을 하는' 과정이 있다. 나를 자신의 친구로 설정하는 이유는 '친구 관계'라는 맥락을 형성하여 인위적으로 나로부터 거리를 둘 수 있게 하고, 그래야 나에게 진짜 하고 싶은 말을 쉽게 뱉을 수 있기 때문이다. 스스로에게 하는 말조차 타인의 입장으로 설정하면 꺼내기 수월해진다. 하물며 실제 타인이라면, 아무리 딴에는 가볍게 던지는 의견이라도 상대의 저울엔 무거운 추로 놓일 수 있다.

차라리

파괴력: ★☆☆☆☆ ~ ★★★★☆

지속성: ★★☆☆☆

습관성: ★★★★★

유의어: #이건어때 #그럴바엔

연관어: #아님말고 #그건아니지

입맛 뚝 떨구며 주먹을 부르는

난 별로

이유는 없음

좋아하는 음악에 대한 얘기를 나누던 중이었다. 나를 포함해 네 명이었는데, 주제는 음악을 넘어 그것을 대중에게 전달하는 가수 얘기로 이어졌다. 고백건대 요즘 가수들을 잘 몰라 그들의 대화를 듣고만 있었다.

"난 별로."

누군가 가수 '김선우(가명)'를 언급하자 다른 이가 딱 자르며 말했다. 사실 나도 참 좋아하는 가수였기에 말이 끝나면 "저도 좋아해요. 김선우…!"라고 공감하려던 차였다. 별로인 것으로 단절된 호감을 이어 붙일 방도가 딱히 떠오르지 않아 벌어지던 입을 닫았다. 김선우를 잘라낸 그 사람은 비슷한 이미지의 연예인을 꺼내며 한마디 덧 붙였다.

"이민규(가명)도 싫어요. 김선우나 애나 둘 다 하는 짓도 비슷하고 그닥…."

누군가의 생각에 대해 자신의 신호등 색부터 결정하는 사람들이 있다. 자기가 생각한 정답에 해당하지 않으면 냅다 빨간불을 켜며 흐름을 끊는 것이다. 그 대상은 단순한 취향일 때고 있고 꽤 중요한 결정을 위한 업무상의 의견일 수도 있다.

특정 주제에 대한 기호를 밝힌 것뿐인데 뭐가 문제일까. 듣는 입장에서는 별로인 대상의 범위가 다를 수 있기 때문이다.

난 별로
너의 선택은 별로야.

'별로'가 되는 대상은 위 일화의 경우 김선우로 끝나지 않고 그 가수를 좋아했던 상대방의 선택이나 취향, 사고방식까지 이어질 수 있다. 특히나 자신이 좋아하는 존재를 공유할 때는 누구나 일정 수준의 설렘을 담게 되는데, 그것을 단칼에 부인당하는 건 갑작스레 입속으로 테니스공이 날아와 박히는 느낌과 비슷하다.

입맛 뚝 떨구며 주먹을 부르는

예문 이런 상상을 먼저 해보자. 내가 좋아하거나 중요하게 생각하는 존재를 떠올린다. '난 그런 거 없는데?'라며 생각의 끈을 쉽게 털지 않길 바란다. 반드시 공인이 아니더라도, 꼭 생물이 아니더라도 누구나 중요하게 생각하는 건 있기 마련 아닌가. 어쨌든 그런 존재에 대한 얘기를 했을 때 일언지하에 딱 싫다고 단정하는 사람을 떠올린다. 만약 이런 상황을 충분히 상상해봐도 별 느낌이 없다면 이 표현을 사용할 자격이 있다.

"너 여자 친구 진짜 예쁘더라."

"봤어? 고맙다 야. ㅎ"

(친구1의 등장) "얘 여자 친구 예쁘다고?"

"어, 손예진이랑 똑 닮았더라고!"

(친구1) "아, 난 손예진은 별로."

'별로' 드립에 익숙해진 사람들은 이 정도의 탈맥락적인 사용도 서슴지 않는다.

심화 과정 "사용자들이 바로 확인할 수 있도록 서비스 메인 영역에 배치하면 어떨까요?"

"음, 그건 좀 별로인 것 같아요."

"아 그래요? 그러면 사용 시나리오에 잘 녹여야 할 텐데. 계정 등록이 끝나는 시점에 가이드를 강화해보는 건…"

"굳이? 그것도 좀 별로…ㅎ 모르고 지나칠 것 같아요."

"혹시 어떤 게 나은 방안 같으세요?"

"아 뭐 딱 좋은 아이디어가 있는 건 아닌데요. 네. 음."

"오늘 안에 결정을 해야 할 텐데. 다른 분은 의견 없으세요?"

(동료1의 등장) "관련 기능을 모아서 메뉴 구성을 새로 하는 쪽으로도 생각을 확장해보면 어떨까요?"

"아… 그건 손이 너무 많이 가는데… 흠."

그것이 일상적인 주제일 경우엔 그나마 다행이다. 업무상의 중요한 결정을 앞두고 이 표현을 사용하면 그 발광 發光은 배가 된다. 의견이라는 건 답이 정해진 OX 퀴즈가 아니므로(사실 무엇이 답에 근접한지도 알 수 없다). 누군가의 의견을 반대하려면 그에 준하는 논리적인 배경을 가질 필요가 있다. 대안도 딱히 없이 반대만 쏟아내는 자를 상대한 경험이 있다면, 그 고통에 더 이상의 설명이 필요 없다는 걸 알 것이다.

예시를 쓰다가 왜인지 모르게 키보드의 키 캡 하나가 내려앉았다. 꾹 누른 것 때문인지 내려쳐서인지는 모르겠다. 아무튼 내가 심약해서 그런 것이니 무시하길.

입맛 뚝 떨구며 주먹을 부르는

참고 I 지인이 책을 소개한 적이 있다. 대화하는 태도에 대한 내용이었는데, 그 책에 대한 사람들이 평가가 두 갈래로 갈려서 재밌다는 것이다. 한쪽은 '이런 걸 다 기억하며 대화하는 사람이 있다고? 가능한 일인가?'라는 관점이었고, 다른 한쪽은 '이 당연한 얘기를 모아서 책을 엮었다고? 이걸 꼭 말해야 아는 건가?'라는 관점이었다. 두 관점 모두 짧게 줄이면 '이 책은 별로다.'라고 할 수 있다. 다만 사유가 존재했기에 그 책은 단순히 별로인 것이 아닌, 오히려 더 흥미로운 책이 되었다.

누군가의 생각을 거부하는 건 의견이 아니다. 다만 내 생각을 잘 담아낸다면 의견이 될 수 있다. 반찬 투정하는 아이처럼 싫어하는 걸 밀치지만 말고 좋고 싫음의 이유를 입체적으로 말할 수 있게 되길 바란다. 당장 그런 태도를 갖는 게 어렵다면, "제 생각에는"으로 어두를 채워보는 게 어떨까.

참고 II 나는 어느 쪽일까 흥미가 생겨 그 책을 살펴봤다. 후자에 가까웠지만, 한 가지 생각이 더 들었다. 당연한 이 말들을 실제로 내가 행하고 있는 걸까. 따져보니 그렇지가 않더라. 그렇게 가만히 앉아 한 번 더 최근 나의 대화 방식에 대해 돌아보게 되더라.

당신이 이 글에서 만난 '난 별로'라는 표현은 '굳이 이렇게 다룰 필요가 있을까' 생각될 정도로 당연히 쓰는 말은 아닐 수 있다. 그러나 지난 시간의 대화를 천천히 돌아보면 조금 다르게 다가올지도 모른다. 나도 모르게 이 낯선 표현을 사용했다는 걸 알게 되는 순간, 그 순간이 비로소 이 표현을 덜어낼 수 있는 시점이다.

난 별로

....

파괴력: ★★★☆☆
지속성: ★★★☆☆
정나미: ☆☆☆☆☆

유의어: #그건네생각이고 #으잉? #아닌데
대체어: #내생각에는

입맛 뚝 떨구며 주먹을 부르는

네가?

자격이 없잖아

출근 지하철. 정장 차림의 남성이 다른 이의 어깨를 툭 친다. 우연히 만난 친구 사이로 보인다.

"어? 뭐야, 어디 가."

"출근하지. 너는?"

"나? 출근하지."

"취직했어?"

"그래 드디어 했다!"

"진짜??? 네가…?"

그들은 뭔가 시답잖은 대화를 몇 마디 더 나누고는 제 갈 길을 갔다. 취직했다던 남자는 친구의 반응 직후엔 장난스레 웃었지만, 그가 내린 후엔 조금 다른 감정을 드러냈다. 천장 어딘가를 노려보는가 싶더니 갑자기 눈알을 부지런히 움직이면서 시바인지 휘바인지 모를 소리를 냈다.

모든 일은 그것을 할 자격이 있는 사람과 없는 사람으로 구분할 수 있다. '내가 이 글을 쓸 자격이 있는 것처럼 당신은 이 글을 읽을 자격이 있다. 그러나 당신에게 이런 글을 쓸 자격은 없다. 그럴 능력이 없기 때문이다. 내가 그렇게 생각하고 있다.'

혹시 이게 뭔 멍멍이 같은 소리인가 생각된다면 이 단원의 표현을 알아둘 필요가 있다. 사용하는 순간 나의 자격이 한 단계 올라가기 때문이다. 원리는 간단하다. 나보다 자격이 없는 사람을 늘리는 것. 내 자격에 위험 요소가 될 가능성이 있는 사람들의 자격을 부단히 낮추는 것이다. 단 두 글자면 된다. "네가?"

네가?

뻥치시네. 너한테 그럴 능력이 있다고?

'네가?'는 누군가의 좋은 소식을 들었을 때 1월 말 한강 수준의 찬물을 끼얹을 수 있는 표현이다. 운이 따르면 꽤 냉철한 사람으로도 비치기도 한다.

입맛 뚝 떨구며 주먹을 부르는

"언니, 저 실기 합격했어요."

"엥, 네가?"

"네? 네… 됐더라고요."

"너는 실전 체질이 아니라서 실기 합격 가능성이 낮다고 생각했는데."

이 표현의 주된 역할은 상대방의 자격을 내가 가진 범위 내로 제한하는 것이다. 그런데 흥미롭게도 정작 이 표현의 사용 자격은 별도의 제한이 없다. 누구나 입을 열어 혀만 대충 튕기면 사용할 수 있다.

"나 결혼한다."

"ㅋㅋㅋㅋ 네가?"

예문 이 표현의 예문에 대해서는 딱히 설명할 게 없다. 다른 표현들은 어떤 뉘앙스를 담는가에 따라 그 농도가 달라지는데, 이 녀석은 정말이지 한국어만 할 줄 알면 누구나 그 위력을 전할 수 있다. 아니, 한국어를 모르는 사람도 글자만 던지면 성공.

"크리스~ 잘 지내?"

"Hey~ 나 촬 이써취~ 크나져나 how is your job search

going?"

"취직? 야~ 했지~"

"What? 네가?"

"어? 어… 크리스, 한국말이 많이 늘었네…?"

<table>
<tr><td>심화
과정</td><td>"어머니, 아버지, 올해는 진짜 합격할 수 있어요."
"하이고, 네가?"</td></tr>
</table>

미래에 일어날 일에 대해서도 사용할 수 있다. 지난 호사에 대해 사용할 때보다는 약할 수 있다. 아직 일어나지 않은 일이기 때문. 하지만 그 일의 결과가 안 좋은 쪽으로 흘러간다면 뱉어버렸던 말의 파괴력이 어디까지 뻗어나갈지 알 수 없다. 참고로 이런 상황은 뒤에 소개할 '내가 뭐랬어'를 가장 완벽하게 사용할 수 있는 타이밍이기도 하다. 사용할 때는 반드시 상대방과 물리적 거리를 두도록 하자. 숨은 붙어 있어야 다른 말도 뱉고 살 테니.

주의
사항
전설의 권투 선수 무하마드 알리는 고등학교 선생님으로부터 "너는 결코 성공할 수 없어."라는 말을 들었다. 이후 어떤 고통도 견뎌내며 절치부심으로 훈련했고 결국 챔피언이 됐다. 그는 성공하자마자 그 교사를 찾아갔고, 모든

입맛 뚝 떨구며 주먹을 부르는

사람들이 보는 앞에서 "당신은 나에게 절대 성공 못한다고 말했지만 나는 챔피언이 되었네요."라고 말하며 망신을 주었다. 이후로도 그 교사가 무시한 말 때문에 지금의 자신이 되었다고 강조하고 다녔고, 그녀는 교사로서의 위신을 잃게 되었다. 누군가의 복수심을 가장 크게 자극하는 건 무시하는 말이라고 한다. 방방곡곡 원수를 양산하고 싶다면 이 표현이 제격이다.

참고   이 표현은 반의어 역시 짧다. "역시."

네가?

· ·

파괴력: ★★☆☆☆
지속성: ★★★☆☆
얄미움: ★★★★☆

유의어: #퍽이나 #넌안돼 #참도잘
연관어: #언제까지그렇게살거야
반의어: #역시 #될줄알았어

이러다가 ○○되는 거 아냐?

흥미진진 대박사건~

은혜 씨는 타인에 대한 호기심이 큰 사람이었다. 그만큼 다른 사람의 상황에 귀를 기울일 줄 알았고 주변에 크게 피해를 주는 일도 없다. 다만 자신의 생활도 침범당하는 걸 원치 않았다. 눈치는 좀 없는 편이었던 것 같다.

혜미 씨는 차가운 사람이었다. 다만 남들이 꺼려하는 일에는 늘 그녀가 있었다. 말보다는 행동이 빠른 사람이었고 그게 뭐든 시도하는 것을 꺼리지 않았다. 결과를 쉽게 단정하지 않고 묵묵히 기다리는 편이다.

평소 가깝게 지내던 두 사람이 언제부터인가 소원한 듯 보였다. 아침에 같이 커피를 사 오는 모습도 팔짱 끼고 점심을 먹으러

입맛 뚝 떨구며 주먹을 부르는

나가는 장면도 더 이상 보이지 않는다. 이유가 궁금하던 차에 두 사람이 크게 다퉜다는 것을 듣게 됐다. 들여다보면 여러 사정이 있겠다만, 갈등의 촉발은 은혜 씨의 말버릇 때문이었다고 한다.

"요즘 남친이랑 자주 안 만나네?"

"그러게. 남친이 계속 바빠서… 좀 소홀해진 것 같기도 하고."

"이러다가 남친 바람나는 거 아니야?"

은혜 씨에겐 최악의 상황을 먼저 언급하는 버릇이 있었다. 그것은 업무나 개인적인 대화를 가리지 않았는데 이따금 일어날 문제를 미리 상기하도록 돕는 역할도 했지만 대부분의 경우 혜미 씨에게 불편한 기분을 느끼게 했단다. 심지어 걱정으로 들리지 않는 순간도 더러 있었다고.

이러다가 ○○되는 거 아니야?

그렇게 된다고 생각하니 흥미로운데?

어떤 현상을 겪고 있을 때 모든 결과를 고려하는 건 중요하다. 다만 당사자가 최악의 상황을 염두에 두고 있지 않다고 생각하면 오산이다. 오히려 그것을 괜히 입 밖으로 꺼내서 실제로 일어날 가능성이 단 0.01퍼센트라도 늘어날까 봐 달의 반대편에 보내두었을 가능성이 높다.

따라서 내가 어떤 의도로 표현했든 최악을 가정하는 화법은 상황의 개선에 도움이 되지 않는다. 남용하다가는 오히려 혜미 씨가 느낀 것처럼 '마치 그런 일이 생기길 바라는 것'처럼 들리게 될지도 모른다.

예문   "심지어 이번 연도는 시험 출제 난이도까지 높아졌다고 하더라고."
"너 이러다가 3년 고생한 거 다 물거품 되는 거 아니야?"

최악의 상황을 뱉는다는 건 상대방도 이미 알고 있는 끔찍한 일을 눈앞에 꺼내두고 상기시키는 일이다. 그것이 중대사라면 언급만으로도 상대는 억장이 무너진다.
이런 말을 뱉는 이들은 때때로 자신의 입꼬리가 올라가 있다는 사실을 모를 때가 많다.

**심화
과정**   "왜 그런 말을 했을까… 이번엔 지은이가 용서하지 않을 것 같아."
"너 그러다가 선물했던 것들 하나도 못 돌려받는 거 아냐? 야, 그게 얼만데."
"뭐…?"

말은 마음을 담는 그릇이다. 이런 방식의 표현은 때때로

입맛 뚝 떨구며 주먹을 부르는

내가 어떤 식으로 생각하는 사람인지 드러내는 역할을 하기도 한다. 예컨대 도벽에 빠진 사람은 갖고 싶은 물건이 있으면 아무리 감추려 해도 그것을 훔치는 방향으로 생각이 흐른다. 이득 관계만을 따지는 사람은 자신도 모르게 수지타산 위주로 상황을 이해한다. 자신에게 최악이라 판단되는 그 상황이 상대방에겐 굳이 따져보지 안 했던 지점이 된다.

주의 사항   유치원 아이들에게 자주 하는 말이 있다.

"네가 저 친구면 기분이 어떻겠어?"

간단하다. 안 좋은 상황을 먼저 언급하는 사람은 딱히 반가운 상대가 아니다. 최악을 먼저 따지고 드는 건 결코 냉철한 게 아니다. 그 자체에 균형감이 없기 때문이다. 이런 표현을 한 번 사용할 때마다 이 관계를 유지하는 포인트를 사용한다고 보면 된다. 그것으로 얻는 희열과 차감되는 포인트 간의 수지타산을 따져봤으면.

이러다가 ○○되는 거 아니야!?

파괴력: ★★★★☆
지속성: ★★☆☆☆
얄미움: ★★★★☆

유의어: #설마○○? #내가뭐랬어
연관어: #가만히있었어그걸?

입맛 뚝 떨구며 주먹을 부르는

이게 최고야

예외는 없어

"어제 우연히 드라마를 봤는데 서현진 참 예쁘더라."

"배우는 전지현이지~ 서현진도 전지현한테는 안돼."

"아니 난 그냥 서현진이 좀 매력적인 것 같아서."

"너 전지현을 실제로 본다고 생각해봐라. 서현진은 눈에도 안 들어올걸?"

"그러니까. 전지현도 예쁘지만 나는 서현진의 그 분위기가 맘에 든다는 거지."

"노노. 그냥 전지현이 갑이야. 전지현 앞에선 다 일반인. 한가인 정도라면 모를까."

앞 단원에서 최악의 상황을 먼저 언급하는 유형을 소개했다. 그런데 그와 얼핏 상반되는 미운 말도 있다. 모든 주제에서 자신에게 최고인 존재만 언급하는 화법. 이곳엔 자신만의 순위가 있다. 의견이나 선택을 상대방의 관점에서 이해하려는 노력보다는 그저 나의 최고 존엄에 비할 수 있는지 여부로만 대화를 이어간다.

이게 최고야
나를 인정해야 할걸?

이런 사람과의 대화는 논쟁으로 이어지는 경우가 많다. 가볍게 꺼낼 수 있는 소재, 예컨대 최근 재밌게 본 영화나 공연, 드라마, 좋아하는 연예인, 운동선수 등도 예외는 없다. 절대 물러서지 않는 철옹성을 쌓아두고 '어디 한번 깨뜨려봐. 이게 최고니까.'라는 식으로 반응하기 때문이다. 하물며 좀 더 가치관을 반영하는 직업, 사회 문제, 회사생활 같은 주제라면? 곱게 끝나기 어렵다.

개인적으로 다른 사람들과 생각을 나누면서 대화가 풍성해지는 것을 즐기는 편인데, 이런 유형의 사람들과 대화를 하고 나면 (사실상 많은 대화를 할 수 없음에도 불구하고) 에너지만 축날 때가 더 많다.

입맛 뚝 떨구며 주먹을 부르는

예문 I "어제 운동화 하나 싸게 샀는데 생각보다 쓸 만하네?"

"나이키?"

"아니. 아디다스에서 행사하길래."

"야, 신발은 그냥 나이키야. 저스트 두 잇! 딴 걸 왜 사냐. ㅋ"

대부분의 카테고리에서 자신만의 필승 카드를 지정해둔다. 주제가 결정되면 마치 스낵이 자판기에서 밀려 나오듯 자연스레 자신의 그것을 꺼내 든다.

이따금 그 철옹성에 관심을 보이지 않는 사람들이 있는데, 이럴 땐 상대방의 선택을 투욱툭 건드리면서 자신의 투견장으로 유인하기도 한다.

"야, 신발은 그냥 나이키야. 저스트 두 잇! 딴 걸 왜 사냐. ㅋ"

"아 그래? ㅎㅎ 그치 나이키가 좋긴 하지."

"좋은 정도가 아니라. 어휴. 아디다스 운동화는 그냥 양말보다 조금 더 나은 수준인데 그걸 왜 사!"

"난 신을 만하던데…."

"너 발에 있는 세포가 다 죽은 거 아니야? ㅋㅋ 어떻게 그게 신을 만해. ㅋ"

예문 II 최고만을 따지는 사람이 앞 단원의 '난 별로' 족과 대화를 하면 어떻게 될까. 주변을 관찰하다 보면 이런 조합으로 인해 만나기만 하면 다투는 사이가 은근히 많다. 그 모습이 가히 가관.

> 별로족: "이번에 샤이니 신곡 들어봤는데 좋더라."
>
> 최고족: "놉! 보이 그룹은 BTS가 진리지."
>
> 별로족: "난 BTS는 별로."
>
> 최고족: "야, 아이돌 중에 BTS 보다 나은 그룹이 있다고?
> 세계적으로 인정받았는데?"
>
> 별로족: "아니, 난 그냥 BTS가 별로라고."
>
> 최고족: "야, 장난 치냐? 그게 말이 돼? 샤이니가 BTS보다 낫다고?"
>
> 별로족: "아, 별로인데 이유가 있어? 왜 정색 빨고 난리야."

**심화
과정** 최고족으로 인한 고통이 극에 달하는 순간은 뭔가 함께 결정해나갈 때다. 특히 누구에게나 중요하지만 제한적인 상황에 맞게 유연한 판단이 필요한 결혼, 여행, 직업 등에서 이런 화법은 그야말로 최고의 위용을 뽐낸다.

> "예약에 착오가 있어서 다른 방으로 안내해준대."
>
> "뭐? 안 되지! 와이키키 해변은 예약했던 방에서 봐야 최고의 경관

입맛 뚝 떨구며 주먹을 부르는

이란 말이야."

"호텔 측에서도 사과했고, 비용도 반으로 줄여준대. 다른 방도 뷰는 거의 비슷해."

"하… 다르지. 눈 뜨면 정면으로 바다가 보이는 방이랑 비스듬히 보이는 방이랑 같아? 내가 얘기해볼게. 이 새끼들 왜 일을 이딴 식으로 하지?"

"아니 오빠. 힘들게 온 여행인데 이런 걸로 꼭 기분 상해야겠어?"

"힘들게 왔으니 최고의 순간으로 누려야지. 정면 오션뷰보다 그 방이 낫다고 생각해?"

주의 사항 주제별로 깨지지 않을 철옹성을 쌓아두고 전투를 청하는 행동의 저변에는 그런 과정을 통해 나의 존재감을 높이려는 심리가 숨어 있다. 앞서 '난 별로' 단원에서 언급했듯 사소한 선택이라도 그것에는 나의 생각과 취향, 가치관 등이 반영될 수 있다. 마찬가지로 내 선택을 받은 존재가 다른 이의 선택보다 우위를 점하는 상황을 겪으며 마치 내가 높아지는 것 같은 기분을 누리려는 것이다.

한편으로 이런 선택은 공감을 얻기도 쉽다. 대부분 인정할 가능성이 높은 존재를 배치해두었기 때문이다. 무너뜨리려 다가오면 싸우기 편하고, 아군임을 밝히면 공감대 형성을 만끽할 수 있어서 얼핏 보면 화자에게 늘 승리를 안겨주는 화법으로 보일 수 있다.

그런데 아이러니하게도 그 승리의 기쁨 역시 상대방을 통해 얻게 된다. 결국 단단해 보이는 철옹성은 내가 원하는 감정을 얻기 위한 갈구인 것이다. 그것을 주는 이가 타인이므로 선택의 기준도 점차 그쪽으로 옮겨가게 된다. 맘에 드는 걸 발견하더라도 그것이 누구나 공감할 수 있는 것인지 우위를 점할 수 있을지 판단하고 그렇지 않을 경우 선택을 변경한다. 심지어 맘에 들지 않는 것을 억지로 선택하는 수준에 이르기도 한다. 그때부터는 선호가 아닌 암기의 영역이다. 보이 그룹은 BTS, 신발은 나이키, 랩톱은 맥북, 배우는 송강호!

참고   내가 선택했던 존재들은 사실 누구에게나 동등하게 열려 있다. 그리고 누구라도 선택하지 않을 수 있다. 최고 존엄의 존재인데 말이다. 그만큼 그 존재와 나는 깊은 관련이 없고 내 것도 아니다. 나만이 오롯이 선택할 수 있고 심지어 선택하는 순간 내 것이 되는 존재는 내 안에 있다. 내가 가진 최고의 모습은 무엇일까.

입맛 뚝 떨구며 주먹을 부르는

이게 최고야

파괴력: ★★★☆☆

지속성: ★☆☆☆☆

습관성: ★★★★★

연관어: #나한텐안돼 #그건아니지

그건 아니지

이 안에 답 있다

아는 선배 이야기. 얼굴은 말쑥하고 키는 훤칠하다. 각진 무테안경을 쓰고, 품이 넉넉한 옷보다는 몸의 라인이 어느 정도 드러나는 셔츠나 슈트를 자주 입는다. 꽤 똑똑한 편이다. 능력도 좋아서 누구나 알 만한 직장에 다닌다. 이래저래 본받을 만한 점들도 많다. 목표를 향해 질주하는 태도라든가, 질서 정연하게 정돈된 일상이라든가.

그런데 누군가에게 그를 소개한다는 건 왜인지 부담스러운 일이다. 그가 자주 입에 담는 말 때문이다.

"그건 아니지."

대화 중 심심치 않게 듣는 말이다. 선배의 생각과 다를 때, 내 말은 운을 채 띄우기도 전에 서슬 퍼런 도끼질을 당하곤 했다. 선

입맛 뚝 떨구며 주먹을 부르는

배의 말이 맞을 때도 많다. 그런데 뭐랄까. 옳고 그름이 딱히 중요하지는 않은 느낌이랄까.

한번은 그 선배를 다른 지인에게 소개한 적이 있다. 선배가 준비 중인 앱 서비스의 사용성에 대해 조언이 필요하다고 했고, 그 분야 전문가의 피드백을 받을 수 있도록 자리를 만든 것이다. 선배는 자신의 문서를 기반으로 질문했고, 지인은 의견을 얘기했다. 순조로운 듯했다. 그런데 특정 화면의 구성에 대해 의견이 갈리자 그의 주특기가 발동했다. 상대의 말을 끊어냈다.

"에이 아니죠. 그건 박 과장님 생각이고요. 그 버튼은 이쪽 위치가 맞아요."

"네? 아, 저는 최근 이런 유형의 서비스들이 지향하는 레이아웃 기준으로 의견을 드린 거고요. 예를 들어 이 앱을 보시면 이 부분이 잘 구성된⋯."

"그래도 그건 아니에요. 생각해보세요. 이 화면에 사용자가 진입하면 딱 여기에서 버튼을 먼저 찾지 않겠어요?"

"말씀하시는 게 전통적인 관점에서는 맞아요. 그런데 20대 여성이 주 타깃이라고 하셨고, 심지어 앱 중심의 서비스니까 이런 방식도 좋은 선택이에요. 해당 집단을 타깃으로 하는 서비스들이 전통적인 UI를 탈피하고 좀 더 효과적인 사용성을 만든 사례도 이미 많이 있⋯."

"음, 아니에요. 이건 제 말대로 가는 게 낫습니다. 다음 내용

보시죠."

이 선배의 방패를 뚫어보려 이리저리 머리를 굴리고 있다면 그만두길 바란다. 불가능하기 때문이다. 그는 실제로 상대가 틀렸다고 확신해서 저런 표현을 사용하는 게 아니다.

그건 아니지

❶ 내가 너보단 잘났어. 그러니 내 말을 믿어.
❷ 그럼에도 네 얘기를 들어보려 했는데 내가 원하던 게 아니네.
  그러니 스톱.

한 개인의 내면에는 매우 많은 법칙과 정의, 개념들이 정립되어 있다고 한다. 때문에 거기에 균열을 일으키는 외부 정보를 고민하거나 받아들이는 건 정말 피곤한 일이 되기도 한다. 심지어 멍 때리고 듣고 있다가 나보다 나은 생각을 하거나 그런 삶을 살고 있는 사람이라도 만나게 된다면 기분이 팍 상해버릴지도 모른다.

'그건 아니지.'는 이런 위험성을 사전에 차단해주는 최고의 방패다. 옳고 그름을 고민하지 않아도 된다. 그것이 나에게 얼마나 도움이 될지도 중요하지 않다. 그저 '듣고 싶지 않은 소리'의 서두를 끊어내는 역할을 할 뿐이다. 그 타격감이 엄청나다고.

입맛 뚝 떨구며 주먹을 부르는

당하는 입장에선 자신의 생각이 통째로 부인당한 이유가 궁금하지만 딱히 대단한 답을 얻지 못한다. 따라서 이 표현을 한번 사용한 사람은 계속 내지르고, 당한 사람은 (자신에게 중요한 주제일수록) 그 논리를 증명하거나 공감 형성을 위해 애쓰는 이상한 상황이 연출되기도 한다.

예문
"오빠, 저 AAA프로젝트를 진행하게 됐어요."
"아니지. 그것보다는 BBB가 낫지."
"응? 내 전공이 AAA인데… 작년부터 준비해서 맡은 거예요."
"그래도 그건 아니야. BBB가 대세."

노력한다고 말할 수 있는 표현이 아니다. 어느 정도 타고난 사람들이 있다. 그저 듣고 싶지 않거나 왠지 괜히 한번 꼬집어보고 싶은 말이 들리면 끊고 보는 사람들. 애초에 합리적인 결론은 관심에 없었을지도.

심화 과정
"그래서 앞으로는 이런 방향으로…."
"에이, 아니야 그건."
"야, 너는 왜 맨날 아니라고 하냐?"
"아니니까."
"그러니까 왜 아닌지를 말해보라고."

"보면 모르냐. 아니니까 아닌 거야."

"그 아닌 게 뭐냐고 도대체."

"너는 말해도 몰라."

"아! 말을 해보라고. 생각을 해봐. 네가 말을 해야 내가 아는지 모르는지를 알 수 있지 않겠냐!?"

"그건 아니지."

"하… 뭐가 또 아닌데."

"당연히 아닌데 설명이 필요하냐?"

이 표현은 특정 분야에 대해 딱히 경험이나 지식이 없어도 사용할 수 있다는 강점이 있다. '맞는 것'에는 이유가 필요하지만, '틀린 것'에는 딱히 이유를 대지 않아도 말이 되는 것처럼 들리기 때문이다. 잘만 활용하면 무한루프를 돌릴 수도 있다.

주의
사항
신용카드라는 게 그렇다. 긁을 때는 참 짜릿한데 날아든 청구서엔 자비라는 게 없다. '그건 아니지.'는 마치 당겨 쓰는 신용과 같다. 만약, 아주 만약, 살다가 누군가에게 내 사정을 얘기하거나 진심으로 대화하고 싶은 날이 오게 되면, 나의 사활이 걸린 이야기를 시작할 때쯤 상대가 씨익 웃을지도 모른다. 날카롭고 거대한 신용카드를 꺼

입맛 뚝 떨구며 주먹을 부르는

내며, 그건 아니지, 라는 말과 함께.

참고　확증 편향의 무서움을 아는가. 그룹 에픽하이의 멤버인 타블로는 스탠퍼드 대학교에서 학석사 통합 과정을 졸업했다고 밝혔다. 미국 명문대 출신 래퍼는 사람들 사이에서 화제가 됐다. 몇 년 후, 한 누리꾼이 스탠퍼드 대학교 졸업자 명단에 타블로가 없었다는 글을 인터넷에 올렸다. 학력 위조에 대해 진실을 규명하는 모임이 생겼고, 관련 온라인 카페의 회원 수는 하루가 다르게 늘어났다.

사건의 중심에 있는 당사자는 재학 시절 성적표와 교내 공식 확인서 등을 공개했다. 카페 회원들의 반응은 싸늘했다. 조작하면 그만이라는 생각이었다. 그는 캐나다 시민증과 함께 학교 측의 공식 확인서, 학력 인증서, 교수 확인서, 졸업장 등을 추가 증거 자료로 제시했다. 그러나 카페 회원들은 여전히 믿지 않았다. 제시된 자료를 믿을 수 없다는 말뿐이었다. 결국 타블로는 카페 운영자를 고소했다.

이처럼 한번 옳다고 믿는 생각은 잘 바꾸려 하지 않는 경향을 '확증 편향Confirmation Bias'이라고 한다. 보고 싶은 것만 보고, 듣고 싶은 듣는 심리다. 그 외에는 무시해버리면 그만.

간편해 보이지만 이 편향은 물고기를 잡아들이는 통발과 같다. 들어가는 건 간편하나, 나오려면 인생을 걸어야 한다.

그건 아니지

··

파괴력: ★★☆☆☆

지속성: ★☆☆☆☆

고구마: ★★★★★

유의어: #그건네생각이고 #응아냐 #답정너

연관어: #내말이맞아안맞아 #왜아니라고말을못해

반의어: #일리있는얘기네 #내생각에는

입맛 뚝 떨구며 주먹을 부르는

딱 보면 알아

어떻게 아냐고? 딱 봤으니까

"화났다, 화났어."

"제가요?"

"딱 보면 알아요. 화 좀 날 수도 있지~ 괜찮아요."

딱 보았다니, 도대체 어딜 어떻게 딱 보고 알았다는 것일까. 마치 또라이 불변의 법칙처럼 '심리학자 불변의 법칙'도 존재한다. 이 전문가들 역시 특정 그룹에 한 명 이상 존재하는데, 자신만의 노하우와 데이터를 바탕으로 주변의 상대가 어떤 형태의 사람인지 재빠르게 구분한다. 참 쉽다.

예문: "요즘 좀 무기력하네요. 새로 지원하게 된 업무도 너무 많고. 밤에 잠도 안 오고…."

"수영 씨 우울증 초기 증상이네."

"네? 아… 우울해서 그런 거였나."

"아침에 일어날 때 몸이 무겁지 않아?"

"어? 네. 어떻게 아셨어요? (당연한 얘기를….)"

"딱 보면 알지. 내가 우울증 걸린 사람 많이 봤거든."

판단도 쉽게 하지만 대화하는 패턴은 더 간단하다. 상대에 대해 귀신 같이 맞추(고 있다고 생각하)며 묻지도 않은 것들에 대해 답변을 한다. 특히 심리학, 사주팔자 등에 관심이 있는 사람일수록 진단은 빠르고 날카롭다.

'딱 보면 알아.'는 일종의 화두와도 같아서 그 말의 꼬리를 물다가는 더 큰 수렁으로 들어갈 수 있다.

"아… 이게 우울증 초기 증상이에요? 막 우울한 느낌은 아닌데."

"수영 씨가 자기를 돌보기보다는 당장 주어진 상황에만 신경 쓰는 성향이라 모를 수도 있어. 꽤 오래됐지?"

"꽤 된 것 같긴 해요. 그런데 제가 그런 성향이에요?"

"딱 보면 안다니까. 좋은 성향이야. 그런데 우울증은 조심해야 돼."

입맛 뚝 떨구며 주먹을 부르는

타인의 과거나 현재에 대해 딱! 보고 맞추는 건 생각보다 쉬운 일이다. 누구나 과거에 믿는 도끼에 발등 찍힌 경험 한번쯤 있을 것이고, 현재의 상태에 대해서도 보이는 것 위주로 떠들다 보면 소위 때려 맞는 게 있기 때문이다. 어느 정도의 뻔뻔함만 받쳐준다면 가능하다.

그런데 이 분야 최고봉인 '점쟁이 레벨'에 도달한 이들은 누군가의 미래에 대한 예언도 서슴지 않는다.

"김 대리님 팀장 진급한다며?"

"그렇다더라."

"근데~흠… 김 대리님은 관리자 성향은 아니야."

"그래? 나는 잘하실 것 같은데."

"네버! 높이 갈 수 있는 스타일이 아냐. 결단력도 없고, 좀 센 언니 느낌도 없고."

"재무팀 박 부장님도 센 느낌은 아닌데…."

"그치. 그래서 아마 오래 못 버틸 거야. 딱 보면 알아."

"…."

고백하건대 나 역시 타인을 관찰한 후 나만의 카테고리에 박제하는 버릇이 있었다. 꽤 적중률이 높다고 생각했고, 이는 그들과의 대화에서도 높은 이점으로 작용했다.

분류가 빠른 만큼 상대의 입장에서 대화를 풀어갈 수 있었기 때문이다. 그토록 사람을 관찰하는 게 즐거웠던지라 심리학 주변을 기웃거렸다. 사람을 크게 잘게 분리하는 게 심리학이었다. 전공이 결정됐다.

소년이 잘못하면 소년원에 가고 대학생이 잘못하면 대학원에 간다는 말이 있는데, 심리학에서는 다르다. 조금 각색하자면, 대학교까지는 어린이고 대학원부터 학생의 신분이 생긴다. 그전까지 배운 것이 글자라면 문장을 구성하는 건 대학원에서 진행하는 탓이다. 배운 것들을 토대로 의미 있는 문장을 만들고 그것을 철저히 증명하는 시간을 겪는다.

대학원엔 짧게는 6개월, 길게는 십수 년간 연구를 해온 사람들이 한 공간에 있는데, 그곳에 재미있는 패턴이 하나 있다. 초보 연구자일수록 당시의 나처럼 관찰하는 시선이 드러나고 판단 결과도 쉽게 꺼내 보였다. '딱 보면 알 수 있는' 능력을 가진 사람들이다.

그런데 오래된 연구자들은 말을 아꼈다. 특히나 사람에 대한 평가를 쉽게 드러내지 않았는데, 긴 시간의 연구를 통해 자신의 확고한 판단이 박살나는 사건을 수없이 겪었기 때문이다. 나 역시 내가 알던 정답을 꺼냈다가 부끄러워진 순간을 자주 만났다. 결국 그곳에서의 시간을 통

입맛 뚝 떨구며 주먹을 부르는

해 얻게 된 진리는 하나다. 딱 보고 아는 건 쉽지만, 제대로 아는 건 어렵다.

주의 사항

"내 앞에서 거짓말할 생각하지 마."라는 말을 하는 사람이 있다. 거짓말했다간 나의 섬세한 탐지기에 딱 걸릴 거라는 의미다. 이들은 '완벽하게 거짓말을 할 수 있는 사람일수록 타인의 거짓말을 탐지하는 데에 능하다.'는 연구 결과를 알고 있을까.

마찬가지로, 딱 보면 안다는 말도 결국 낯선 현상을 대하는 자신의 태도를 드러낸다. 딱 보고 딱 거기까지만 판단했던 시간들, 그렇게 가볍고 익숙한 구분으로 세상을 보려는 자신을 대변하는 것이다. 상대의 구체적인 상황은 기존의 분류 체계를 깨뜨리는 정보가 될 뿐. 나는 점점 더 그 작은 틀에서 나오기 어려워진다.

참고 I

성격유형은 어떻게 결정될까?

내가 어떤 성격유형에 해당하는지 궁금할 때가 있다. 고개를 끄덕이며 검사를 해보곤 주변의 누군가도 궁금해져 검사를 추천한다. 각자의 결과를 공유하며 비교한다. 이처럼 '성격유형'은 꽤 오랜 시간 나 자신과 타인을 이해하는 주요한 척도로 사용되었다. 그런데 이런 유형은 누가 어떻게 정하는 것일까.

공인된 성격유형 검사에는 현재 대중적으로 잘 알려진 MBTI^{Myers-Briggs Type Indicator} 외에도 DISC, 애니어그램 등 많은 종류가 있다. 이러한 검사들은 개인, 기업, 학교는 물론 정신건강과 관련된 다양한 기관에서도 개인을 판단하는 척도로서 효과적으로 활용되곤 한다.

검사를 통해 한 개인의 성격유형을 결정하는 방식은 대략 이렇다. 인간의 성격을 결정하는 중요한 요소들을 각각 2차원으로 구성한다. 예컨대 검사를 통해 '짜장면/짬뽕', '부먹/찍먹', '맥주/소주'와 같은 식이다. 그런 다음 이 요소들을 어느 한쪽만 선택하게 하는데, 그 방법은 간단하다. 다양한 문항에 대한 답변을 통해 내가 좀 더 일관적으로 반응하는 쪽으로 알아서 결정된다.

"빨간색보다는 검은색이 좋다, 매운맛보다는 단맛이 좋다, 국물 요리보다는 볶음 요리가 좋다, 셰프라는 말보다 요리사라는 말에 끌린다, 5분 안에 식사를 끝내는 편이다.
→ 그렇다면 당신은 짜장면을 좋아하는 사람!"

입맛 뚝 떨구며 주먹을 부르는

결과는 점수로 산출되고, 이 점수의 크기에 따라 하나의 요소가 결정된다. (산출하는 방식은 감사마다 다르지만) 0점이 구분 경계라고 했을 때, 결과 점수가 -100점이면 짜장면, 100점이면 짬뽕인 셈이다. 마찬가지로 -1점이어도 짜장면, 1점이어도 짬뽕이다. 99점과 1점도 똑같이 짬뽕을 결과로 받게 된다(그래서 검사 결과를 보면 내가 특정 성격 차원의 수준이 어느 정도인지 점수와 함께 알려주곤 한다. 짬뽕 56점).

이렇게 한쪽으로 선택된 요소들의 조합이 곧 나의 검사 결과인 '유형' 정보다. 예를 들어 '짜장면/찍먹/소주'가 나의 유형이 될 수 있다. 검사 결과에는 대략 이렇게 적혀 있다.

"당신은 평소 짜장면을 좋아하는 것을 숨기지 못하며, 탕수육에 소스를 붓고 있는 불의를 보면 그냥 지나치지 않습니다. 힘든 일을 겪으면 마음 맞는 사람들과 소주를 마시곤 합니다. 짜장면과 탕수육을 먹으며 소주를 마실 때 가장 큰 행복을 느낍니다. 어울리는 이성 유형: 소스에 대한 가치관과 주종은 같지만 칼칼한 국물을 나눠줄 수 있는 '짬뽕/찍먹/소주' 타입!"

MBTI의 경우 이런 절차를 통해 선택된 성격 유형을 INFP^{내향/직관/감정/인식}와 같은 알파벳으로 알려준다. 사실 INFP는 내 성격유형이다. 결정된 네 가지 차원을 이해하기 쉽게 통쳐서 얘기하면 다음과 같다.

- 내향: 겉으로 표현하는 것보다는 속으로 생각하는 게 편하다.
- 직관: 상상력이 풍부하고 나무보다는 숲을 본다.
- 감정: 친구와 싸우면 원인과 결과보다는 이해하고 화해하는 것에 집중한다.
- 인식: 청소기가 도착하면 설명서를 보지 않고 조립부터 시작한다.

참 좋은 성격이다(현실은, 사회성 없고 현실 감각도 없고 해결도 못하면서 일만 드럽게 많이 벌리는…). 여하튼 문항 수가 많아서 귀찮고 실제 결과 역시 기억하기 어려운 여러 숫자들로 산출되지만 나는 매우 심플하게 그것을 기억할 수 있다. INFP 또는 잔다르크형 성격.

이처럼 성격유형 검사의 가장 큰 장점은 기억하기 쉽고 공유하기 간편하다는 것이다.

입맛 뚝 떨구며 주먹을 부르는

간편할수록 정확성이 낮아진다. MBTI 검사의 탄생에 주요한 역할을 했던 심리학자 칼 융은 말했다. "순수한 내향성이나 외향성 같은 것은 없다. 그런 사람은 정신병원에 있을 것이다."

심리학자 마이클 윌못은 성격 검사들의 이론적 구조를 연구한다. 그는 성격유형 검사에 대해 "현대적이고 더 정확한 연구방법론에 따르면 이러한 유형 기반의 주장 대부분은 근거가 부족한 것으로 밝혀지고 있다."라고 말했다. 심지어 유형 기반 성격 프로파일이 별자리보다 더 과학적이지 않다고까지 말한 전문가들도 있다.

그들이 이렇게까지 독하게 말하는 이유는 심리학 관점에서 성격의 '유형'이라는 덩어리가 존재하기 어렵기 때문이다. 성격은 상황, 맥락, 해결되지 않은 트라우마를 포함하여 많은 요인들의 영향을 받는다. 일생에 걸쳐 얼마든지 변할 수 있으며, 특정 상황이나 경험에 따라 일시적으로 정반대로 나타나기도 한다. 내가 검사를 받는 상황이나 환경에 따라서도 다른 성격 유형이 결과로 나올 수 있는 셈.

즉 성격은 하나의 유형에 고정되어 있다고 보기 어렵다. 우리가 기억하는 성격유형은 그것을 쉽게 구분하고 이해하기 위해 인위적으로 단순화한 정보일 뿐이다. 수많은

석학들이 인생 전반을 갈아 넣으며 구축한 분류 체계조
차도, 사실은 그렇다. 딱 봐서 알 수 있는 건 딱 보이는 것
들뿐이다.

참고 II "사람을 꿰뚫어 보는 것은 아주 쉽다. 하지만 그래 봐야 무슨 소용
이 있겠는가."

_엘리아스 카네티(Elias Canetti)

딱 보면 알아

· ·

파괴력: ★★★☆☆

지속성: ★★★☆☆

예지력: ☆☆☆☆☆

유의어: #내눈은못속여 #너같은애들이

연관어: #내가뭐랬어 #아니면말고

입맛 뚝 떨구며 주먹을 부르는

아님 말고

누가 뭐래?

"네가?"

"그건 아니지."

"이러다가 ○○되는 거 아니야?"

"딱 보면 알아."

가볍고 호탕하게 예언을 쏟아냈으니 이제 타율을 맞춰볼 시간이다. 하지만 이런 표현을 누렸던 사람의 대부분은 막상 그것이 맞아떨어지지 않더라도 민망한 안면으로 주워 담거나 사과하지 않는다. 적중한 실적만 언급하며 지분을 챙길 뿐.

이처럼 자신이 했던 예언의 실패를 처리하는 표현 중에서도

유난히 독한 녀석이 있다. 실패의 크기를 줄이기 위해 사건 자체의
무게를 낮추는 방법이다.

아님 말고
별일 아닌 걸로 호들갑 떨지 마

이 표현의 밉상 포인트는 자신이 틀렸다는 걸 알게 되는 순
간, 면피를 위해 그것을 하찮은 일로 치부해버리는 것이다. 나와
관련이 있든 아니든 내 지분을 조금도 남기지 않고 싹 빼며 손절을
친다. 쿨병 말기엔 더할 나위 없는 스웩의 수단. 꼭 뻔뻔한 사람이
아니더라도 민망함을 감추려고 이런 표현을 사용하는 경우가 있
는데 (네 민망함 따위는 모르겠고) 그저 이 상황을 마치 TV 채널을 돌
리 듯 가볍게 대하는 것처럼 보일 뿐이다.

예문　　"그래서 드레스 맞추다 말고 또 싸웠다니까."

　　　　"너 이러다가 파혼으로 이어지는 거 아니야? ㅋ"

　　　　"야, 무슨 말을 그렇게 해."

　　　　"아님 말고. ㅋ"

　　　　　　　　입맛 뚝 떨구며 주먹을 부르는

이 표현은 두 가지 맥락으로 나눠서 살펴볼 수 있다. 첫 번째는 아직 결과가 일어나기 전에 도망치는 방식이다. 사용할 때의 심리적 안정감이 증폭하기 때문에 한번 중독되면 습관으로 굳기 딱 좋은 지점이다.

두 번째는 결과가 일어난 후다. 맥락상 표현이 좀 길어지는데, 그 순간을 위해 준비할 것도 많다. 단 한순간도 이 상황을 의미 있게 다룬 적이 없다는 자기 최면, 누구라도 뒤끝 중독자로 만들 수 있는 단호함, 이 정도로는 대인관계가 흠집 나지 않을 거라는 신념, 그리고 마치 자신이 스스로 범사에 초연한 대인배인 양 하는 태도까지.

"오디션 말이야. 네가 절대 안 될 거라고 장담했던 영수만 됐다더라."

"내가 그랬었나?"

"영수한테 좀 미안하지 않아?"

"갑자기 그걸 지금 얘기하는 이유가 뭐야? 아님 말 것이지. 굳이?"

"내가 영수라면 꽤 화날 것 같아서 그래."

"야야. 그런 거 하나하나 기억하면서 살면 인생만 힘들어져."

무심코 뱉어버린 말로 인해 불편한 상황이 발생했을 때, 그 당혹감을 직면하는 건 생각보다 어려운 일이다. 특히 가까운 친구 사이인 경우 그런 상황에서의 사과가 오히려 관계의 형태를 필요 이상으로 진지하게 만들고, 전에 없던 어색함으로 인해 뒷목에서 털이 자랄 것 같은 느낌이 들기도 한다. 그래서인지 반대로 더 싹수없게 말하면 (마치 츤데레의 틱틱거림처럼) 그것이 사과의 메시지를 담을 수 있을 거라고 여기는 사람이 많다.

그야말로 착각이다. 이 표현을 구성하고 있는 '아니다'와 '말아라'의 그 어디에도 사과의 메시지는 없다. 정말이지 손톱에 자라는 털만큼 존재하지 않는다. 누군가의 상황이나 미래를 껌 씹듯 쉽게 예측하고 이런 식으로 마무리하는 사람은, 그저 다시는 대화하고 싶지 않은 대상일 뿐이다.

쏟아진 물은 주워 담을 수 없다. 하지만 마른 수건으로 수분을 잘 흡수하면 쏟아진 곳의 물기는 제거할 수 있다. 그대로 두면 누구도 닦아주지 않는다. 내가 틀린 걸 인정해야 수건을 꺼낼 수 있다. 내가 쏟은 건 내가 닦자.

입맛 뚝 떨구며 주먹을 부르는

아님 말고

쿨스멜: ★★★★★
파괴력: ★★★☆☆
지속성: ★★★☆☆

유의어: #누가뭐래? #그말을믿었어? #농담이야
파생어: #굳이? #이게화낼일이야?

내가 뭐랬어?

그럴 줄 알았다니까

"얼굴이 왜 그 모양이야?"

"내버려 둬."

"아 뭔데. 말 좀 해봐."

"하… 남친이랑 헤어졌어…. 이제 어쩌지…?"

"야, 야, 내가 뭐랬어? 걔랑 언젠간 헤어질 거라고 했지."

주먹을 불끈 쥐었다면 풀기 바란다. 저 친구가 목적을 알고 사용했다면 그 역할을 충분히 했기 때문이다. 주변에서 당신의 예언을 귀담아들으면 좋으련만 꼭 다른 선택을 하다가 넘어지는 사람이 있다. 이럴 때는 손수 던졌던 우려를 깊이 고민하지 않았기에

입맛 뚝 떨구며 주먹을 부르는

지금의 파국에 이르렀다는 사실을 거세게 짚어줄 필요가 있다. 그래야 같은 실수를 하지 않으니까?

내가 뭐랬어?

내 말이 맞지 맞지 맞지? 그럴 줄 알았다~! ㅋ.

이 표현은 일종의 '무속인 화법'이라고 할 수 있다. 주변의 누군가에게 부정적인 사건이 일어났을 때 주로 활용되는데, 언젠가 내가 예언했던 일이 실제로 일어났다는 점에서 간질거리는 입을 시원하게 긁어주는 역할을 한다.

재미있는 건 딱히 정확하게 예언한 적이 없더라도 이 표현을 사용할 수 있다는 점이다. 사실 내가 무슨 말을 했었는지는 중요치 않다. 듣는 입장에서 그게 결국 맞았는지 여부가 별 의미 없기 때문이다. 지금 눈에 뵈는 게 없을 테니.

사람은 실패를 받아들이고 그 의미를 찾는 과정을 통해 성장한다. 그 과정의 소요 시간은 저마다 차이가 있다. 누군가는 실패를 인정하는 데 긴 시간이 필요한 반면, 누군가는 그 실패를 통해 얻은 것들을 헤아리는 데 많은 시간을 할애하기도 한다. 어떤 방식이든 다음 장면에서 더 나은 선택을 하기 위해 필요한 시간들이다.

그런데 '내가 뭐랬어'는 상대가 실패를 의미화하는 속도를 인위적으로 재촉하는 역할을 한다. 의미를 찾는 길목에 비스듬히 누워서는 '어, 여기야. 이쪽이야. 빨리 와.' 하는 셈. 아마 들어서려던 이들 중 몇은 그 모습을 보고 돌아설지도 모른다.

예문 "하… 나 최종면접에서 떨어졌다. 이번에는 진짜 될 줄 알았는데…."

"또 떨어졌다고?"

"어… 좀 전에 연락받았다."

"답답하네… 내가 뭐랬어. 너 그때 동창 모임 때 1차만 하고 들어가라고 했지. 그때 집에만 빨리 갔어 봐. 이런 게 다 종이 한 장 차이로 결정되는 거야."

간혹 안타까운 마음을 전하려고 이 말을 활용하는 경우가 있는데, 상대방에겐 전달되지 않는다. 차라리 적중한 예언에 심취해서 게다리 춤을 추는 게 더 일관성 있는 모습일지도.

심화 과정 이 단어는 '거 봐.'라는 표현과 조합할 때 범접할 수 없는 완전체가 된다. 미운 말 분야의 전문가들도 이 조합을 사용할 때는 숨을 두어 번 고르곤 한다. 어쩐지 인생이 무료

입맛 뚝 떨구며 주먹을 부르는

하여 진정 짜릿한 스릴을 맛보고 싶은 날이 있다면 사용해보기 바란다. "거 봐~ 내가 뭐랬어?"

주의사항 가까운 관계도 이 표현 한 방이면 나무젓가락 부러지듯 좋날 수 있다. 설령 상대가 반응이 없더라도 데미지는 그대로 쌓였다고 보면 된다. 사용하기 전에 미리 마음의 준비를 하자.

참고 I 머피의 법칙은 없다? 전 세계 유명한 경제학자들은 2008년의 경제 동향을 긍정적으로 전망했다. 그러나 당해에 역사적 사건인 미국발 금융위기가 발생했고 이로 인해 세계경제도 큰 어려움을 겪어야 했다. 그러자 관련 전문가들은 금융 위기의 원인에 대해 설명했다. 화폐를 너무 많이 찍어냈고 은행이 돈을 과하게 빌려줘서 생긴 위기라는 것이다. 들어보면 그 논리가 탄탄하고 당연히 일어났어야 할 일 같다는 생각이 든다.

하지만 논리대로 과정을 살펴보면 충분히 피할 수 있는 위기였다. 왜 피할 수 없었을까. 그만큼 정확하게 알지 못했기 때문이다. 일어날 수 있는 수많은 가능성 중에 하나였을 뿐이다. 다른 어떤 일이 일어났어도, 그 가능성 안에 모두 존재했다. 이처럼 어떤 일의 결과가 나타난 후 분석이나 예측이 더 잘 맞는 것처럼 느껴지는 심리를 사후 과잉 확신 편향hindsight bias, 또는 '그럴 줄 알았어 효과knew-it-all-along effect'라고 한다.

우리가 이따금 입에 담는 '머피의 법칙'도 이에 해당한다. 멋지게 입고 나온 날 예고에도 없던 비가 내리는 것은 멋지게 입고 나왔던 여러 날 중에 벌어질 수 있는 하나의 확률이었다. 그 일은 벌어지기 전까지 나에게 존재하지 않았다. 벌어진 후에야 하나의 법칙이 되는 셈.

앞서 얘기했듯 '내가 뭐랬어.'는 무속인 화법이다. 내 말대로 일어났기 때문이다. 그런데 정확히는 내가 했던 많은 말 중에 그 일이 포함되어 있었을 뿐이다. 머피의 법칙과 같다.

참고 II 옆에서 묵묵히 버텨주기에 입이 너무 간질거린다면, "내가 그때 좀 너에게 좀 더 잘할걸."정도가 낫겠다. 허나 이처럼 과거를 짚는 말들은 족보를 거슬러 올라가 보면 결국 가까운 친척이다. 결과가 내 몫이 아니듯, 후회도 내 것이 아니기 때문.

입맛 뚝 떨구며 주먹을 부르는

내가 뭐랬어?

....

파괴력: ★★★★☆

지속성: ★★☆☆☆

얄미움: ★★★★★

유의어: #거봐 #그럴줄알았어 #생각이있니없니

연관어: #그냥솔직하게말한거야 #넌항상그래

그냥 솔직하게 말한 거야

거짓말이 아니라고

한결 나은 것처럼 들리지만 이 표현은 사실 '아님 말고'의 먼 친척쯤 된다. 나로 인해 식어버린 타인의 기분을 이해하기 위한 노력이 없기 때문이다.

그냥 솔직하게 말한 거야

솔직하게 말했으니 괜찮지? 거짓말하는 것보단 낫잖아.

우리는 거짓말에 유독 엄격한 성장 환경을 지나왔다. 그것은

입맛 뚝 떨구며 주먹을 부르는

쉽게 용서받을 수 없는 죄악이었고, 이런 가치관은 다음 세대에도 온전히 이어지고 있다. 아이가 실수로 남의 물건을 갖고 오거나 예의 없는 행동을 했을 때는 적당한 수준에서 잘 다그치던 부모도 사소한 거짓말에는 다신 그 짓을 못할 정도로 사생결단을 내곤 한다. 눈에 힘을 바짝 주고는 위협적으로 말한다. "엄마는 딴 건 참아도 거짓말하는 건 절대 용서 안 해. 알겠어?"

영화나 드라마에도 거짓말을 들켜 봉변을 당하거나 나락으로 향하는 장면이 자주 등장한다. 대체로 악역을 맡은 사람들은 얼굴 표정 하나도 바뀌지 않고 거짓말을 하다가 결국 그 모든 언행의 대가를 치른다. 반대로 거짓말을 하지 않으려는 태도는 올바르고 굳건한 사람의 캐릭터로 표현되기도 한다. 그런 모습의 주인공을 보며 상대 배역은 사랑에 빠지거나 그를 믿고 따르기로 결심한다. 자, 그래서 거짓말이 나쁘냐고? 당연하지. 나쁘다.

그런데 사실을 알고 침묵하는 게 거짓말이 아니듯, 솔직하게 말하는 게 거짓말을 하지 않는 선택도 아니다. 좀 말장난 같은데, 둘을 반대되는 개념으로 보기는 어렵다는 것이다. 매트릭스의 빨간약, 파란약처럼 선택할 필요가 없다. 거짓말을 하거나 하지 않을 뿐이고, 솔직하게 말을 하거나 하지 않을 뿐이다. 따라서 무작정 솔직하게 말한 후 거짓말을 피하기 위한 선택이라고 말하는 건 (마치 거짓말을 할 때처럼) 때에 따라 내 만족만을 위한 대처가 될 수 있다.

예문 I "3년을 준비했는데... 하... 이제 어떡하지."

"너무 걱정하지 마. 집에 돈 많으니 들어가면 되잖아."

"야, 무슨 말을 그렇게 하냐?"

"사실이잖아~ 아버지 믿고 그렇게 오랫동안 공부한 거 아니야?"

"장난치나 이 새끼가."

"뭐야 ㅋ 왜 화를 내? 난 그냥 솔직하게 말한 거야."

이 표현의 핵심은 나의 솔직함이 곧 사실일 거라는 확신이다.

예문 II "자꾸 학점 이런 거 물어보길래, 그냥 대학교 때 놀았다고 말했어."

"진짜? ㅎㅎ 면접장에서?"

"어. 나 솔직한 거 알잖아~ㅋ"

"헐… 그래도 돼? 떨어지면 어떡하려고. 너 엄청 가고 싶어 했던 회사잖아."

"어…? 아닌데? 아니야. 그 정도 회사는…."

더 큰 거짓말을 하지 않기 위해 작은 거짓말을 하는 것처럼, 스스로 솔직하고 싶지 않은 것들을 숨기기 위해 적당한 솔직함을 두르는 경우도 있다. 면접에서조차 사실만을 말했다며 솔직함을 강조하는 친구. 정작 가까운 관계

입맛 뚝 떨구며 주먹을 부르는

에서조차 그 회사에 대한 간절함은 숨기고야 만다. 솔직하고 싶지 않았기 때문이다. 자신을 향하고 있으니 문제가 없어 보일 수 있으나, 보통 이런 경향성은 타인에게도 그대로 적용된다.

주의
사항
거짓말이라는 빌런이 워낙 강력해서 그런지 솔직함이라는 히어로는 반대급부의 수혜를 입으며 반짝반짝 빛이 난다. 마치 '우리는 서로가 있어야 존재할 수 있어.'라고 말하는 조커와 배트맨 같달까. 그런데 자신의 솔직함을 강조하는 사람들은 이상하게도 주변으로부터 고립될 때가 많았다. 손쉬운 솔직함 뒤에 숨긴 진짜 의도를 모를 거라고 생각하는 걸까. 과연 누가 배트맨이고 조커일까.

참고
솔직함이 오해 받는 상황들의 공통점은 그것이 편향적인 솔직함이기 때문인 경우가 많다. 내면에 있는 다양한 생각 중 나를 대변할 수 있고 유리한 부분만 솔직함으로 꺼내는 것이다. 이런 식의 태도는 무의식 중에 '솔직함' 자체의 가치만 입증하기 위한 방향으로 작동한다. 누군가에게 불편감을 야기하거나 부정적인 면만을 꼬집게 되는 것이다. 한두 번이야 상대방에게 경종을 울릴 수 있겠지만 그 분위기가 역전되는 건 한순간.

당신이 스스로 솔직하고 싶은 사람이라면 내가 선택적인 솔직함을 사용 중인 건 아닌지 따져볼 필요가 있다. 만약 긍정적인 면, 누군가를 행복하게 하는 말들이 솔직하게 들릴 것 같지 않아 꺼내지 않았다면 당신은 그것을 잘못 이해하고 있다. 오늘은 당신의 소중한 사람들에게 솔직하게 사랑과 감사를 전해보자. 솔직함에도 균형이 필요하다.

그냥 솔직하게 말한 거야

파괴력: ★★★☆☆
지속성: ★★★★☆
진솔함: ☆☆☆☆☆

유의어: #사실이잖아 #이런말도못해? #솔직히말해서
연관어: #이말까진안하려고했는데

입맛 뚝 떨구며 주먹을 부르는

남이면 이런 말도 안 하지

남 아닌 거 맞지…?

네편 내편을 중요하게 생각하는 사람들이 있다. 두 집단 간의 경계를 극명하게 잡아두고 안쪽의 사람들에게 열중한다. 뭐, 여기까진 괜찮다.

문제는 그 사람들에게도 나와 같은 관점을 요구할 때 발생한다. 상대방은 받아들일 수 없는 말들을 뱉고는 이렇게 말한다.

"남이면 이런 말도 안 하지."

남이면 이런 말도 안 하지

같은 편이잖아. 그러니까 하고 싶은 말 다 할게?

어째서 나는 그의 편이 되어 남들은 들을 자격이 없는 귀한 말들을 듣게 된 것일까. 이런 대단한 혜택을 누리지 못하는 사람들은 어떻게 남으로 구분되는 것일까. 그 기준을 알아볼 필요가 있겠다.

'남'이라는 글자에는 다양한 뜻이 있다. 가령 '남男'은 성별을, '남南'은 방향을 나타내는 한자어다. 그런데 '우리가 남이가'의 '남'은 한자어가 없는 순우리말이다.

1. 자기 이외의 다른 사람.

2. 일가가 아닌 사람.

3. 아무런 관계가 없거나 관계를 끊은 사람.

_네이버 국어사전

따라서 그 의미 역시 우리가 갖는 관계의 맥락에 따라 결정된다. 사용하는 사람에 따라 '그저 다른 사람'부터 '나에게 중요하지 않은 사람들'까지 그 의미와 범위가 달라지는 것이다. 고로 남이 아니라며 하는 말들도 그 자체로 당사자 간 이해 수준의 차이를 발생시킨다. '남이 아닌 사람'에게 하는 말을 당사자는 '남이 하는 말'

입맛 뚝 떨구며 주먹을 부르는

로 들을 수 있는 셈이다.

예문   당신이 아래로 나와야 할 배설물을 입으로 쏟아내길 즐기는 사람이라면 이 단원의 표현에 그 채도를 높일 수 있다.

> "결혼 생활 힘들지 않아?"
>
> "많이 다투죠. ㅎ 그런데 왜요?"
>
> "아니 뭐, 기분 나쁘게 듣진 마. 딱 봤을 때 너가 고생할 것 같아서, 나는 이 결혼 반대였거든. 지금이라도 다시 생각해보면 어떨까 뭐, 이런 얘기야. ㅎ"
>
> "음… 선배님, 그런 얘기는 좀….”
>
> "야, 남이면 이런 얘기도 안 하지. 내 말을 잘 한 번 생각해봐.”
>
> **'(이 새끼 뭐야? 네가 남이지. 그럼 아내가 남이냐?)'**

**주의
사항**   설령 남이 아니라고 할지라도, 할 수 있는 말들이 따로 정해져 있는 건 아니다. 만약 그렇다면 가까운 연장자가 하는 '자식 같아서 하는 말'을 모두 부모님의 말씀처럼 새겨들어야 한다. 내가 가깝게 느낀다고 해서 상대방이 원치 않는 말들을 정당화할 수는 없다.

참고 I 새벽까지 일한 날이었다. 택시를 탔다. 본디 택시에서는 말을 하지 않는 편이며 기사님이 대화를 청해도 최소한의 답변으로만 응대한다. 그런데 그날은 어쩐 일인지 대화의 물꼬가 트였다.

신사적인 분이었다. 나 같은 위치의 관리자가 겪는 고충을 잘 알고 공감해주셨다. 고민들을 털어놨다. 가까운 상사나 동료가 주지 못했던 위안을 얻었다. 집에 도착해서 감사하다고 인사한 후 택시비를 지불하고 내렸다. 그 기사님은 이름도 얼굴도 모르는 '남'이다.

이제 와서 생각해보니 그 기사님은 다른 사람에게도 좋은 기억을 남길 확률이 높다. 결국 가깝다거나 멀다는 이유로 어떤 말을 할 수 있는지보다, 내가 어떤 사람이 되는가가 더 중요하다. 상대방에게 의미 있는 사람이 된다면 굳이 관계의 거리를 단서로 달지 않더라도 나의 사소한 말조차 귀담아들을 것이다. 존재만으로 위로가 될 수 있다. 답부터 뱉는 사람이 아닌, 묻고 싶은 사람이 되는 게 먼저다.

참고 II 이 단원의 글을 통해 주변의 무례꾼들을 먼저 떠올리며 치를 떨었다면, 이제 한번쯤 나의 시간들도 돌아보자. '남이면 이런 말도 안 하지.'라는 표현만 뱉지 않았을 뿐, 가

입맛 뚝 떨구며 주먹을 부르는

까운 사이를 무기로 던진 말들은 없었는지 말이다. 우리는 가족에게 가까운 벗에게 알게 모르게 얼마나 많은 상처를 남겼을까. 남이 아니라는 이유로.

남이면 이런 말도 안 하지

파괴력: ★★☆☆☆
지속성: ★★★☆☆
오지랖: ★★★★☆

유의어: #내가너한테이런말도못해?
연관어: #자식같아서하는말

내가 남보다 못해?

어떻게 남한테 더 잘해

남들에게는 세상 예의 바르고 살가운 남친, 둘이 있을 땐 말수가 줄고 얼굴에 그늘이 지기 시작한다. 선배 얘기엔 손사래까지 치며 까르르 웃던 여친, 나에겐 유독 웃음의 기준이 엄격하다.

처음부터 그랬던 건 아니다. 우리는 서로에게 1초 단위로 충실했고, 세상 모든 이치의 우선순위에 상대가 존재했다. 그런데 이제는 정말 공기 같은 존재가 되어버린 것 같다.

마음이 바뀐 건 아닐지 이제 나는 안중에도 없는 건지, 아니면 정말 다른 이에게 눈이 돌아가버린 건지, 그렇다면 이 인간의 숨통을 그대로 붙여두어야 하는 건지, 갖은 생각이 얽히고설키고 쌓인다. 그러던 어느 날 복에 받쳐 한마디 뱉어버린다.

입맛 뚝 떨구며 주먹을 부르는

"내가 남보다 못해?"

앞 단원처럼 남이 아니라며 막말을 하는 남이 있는가 하면, 남에겐 좋은 태도를 보이면서 정작 가까운 이에겐 개차반으로 행동하는 바보도 있기 마련이다. 이 단원은 (나를 포함하여) 그 바보들에게 헌정하는 글이다. 애초에 저런 말을 뱉을 상황이 안 생겼다면 좋았겠지만 상대의 입에서 나온 이상 오해를 잘 푸는 게 중요하다. 엄한 반응으로 더 깊은 수렁에 빠지지 않기 위해 아래의 세 가지 문장을 참고하여 요목조목 현명한 답변을 하길 바란다. 30년 연구의 결과라는 말까지 더하면 힘이 더 실리겠지.

남보다 못하다는 말에 반박하려면, 내가 '사회'라는 거대한 유기체의 일부로 살고 있다는 걸 이해할 필요가 있다. 주변에 누가 있는지에 따라 나는 늘 다른 존재로 정의될 수 있다는 것. 심지어 동일한 사람과도 언제 어디에 있는가에 따라 내 행동은 달라질 수 있다. 이해했다면 첫 번째 문장을 확인해보자.

내가 남보다 못해?

❶ 남이라서 잘하는 거야.

처음 본 이에게 대뜸 본심부터 드러내는 사람은 없다. 우리는 누군가와 가까워지면서 점차 속에 있던 생각들을 얘기할 수 있게 된다. 따라서 특정 수준의 친밀도가 쌓이지 않는 이상 상대방으로 인해 느끼는 불만을 드러낼 확률은 낮다. 스스로 편치 않을뿐더러 상대가 어떻게 반응할지도 알 수 없기 때문.

반대로 가까운 사람에게는 내가 느끼는 불만을 얘기할 수 있으니, 그런 식의 행동 차이가 마치 타인을 더 좋아하고 배려하는 것처럼 보일 수 있다. 쉽게 생각하면 된다. 남인데 더 잘하는 게 아니라, 남이라서 잘하는 것.

내가 남보다 못해?

❷ 그들에겐 더 잘할 필요가 없기 때문이야.

가까운 이에 대한 불만은 어느 날 갑자기 뚝 떨어진 게 아닌, 서서히 쌓인 결과물이다. 오랜 시간을 알고 지낼수록 (좋아하는 마음과는 별개로) 상대의 부정적인 면들을 견디기 힘들어지는 게 관계의 보편적인 흐름이기 때문이다. 심지어 상대가 가까운 사람일수록 무의식적인 분노를 발산하게 된다는 연구 결과도 있다. 정당성을 떠나 현상이 그렇다는 의미.

입맛 뚝 떨구며 주먹을 부르는

그런데 상대와 오랜 시간을 함께하려던 의지가 없었다면 서로의 숨겨진 면들을 드러내는 순간들이 모여 지금의 친밀한 관계에 도달할 일도 없었다. 반면 남들과는 그만큼 긴 시간을 보내려는 의지가 없다. 따라서 내 불만에 대한 이해도 구하지 않는다. 드러내지 않는 만큼, 지금 이상으로 가까워질 필요도 없는 셈이다.

내가 남보다 못해?

❸ 우리가 이 정도는 견딜 거라고 믿어.

우리는 가까운 사람보다 어느 정도의 예의가 필요한 남들과 대부분의 시간을 함께한다. 직장에서건 학교에서건, 그 시간 동안에는 밝은 표정을 짓고 상대방을 배려하는 행동을 해야 한다. 친절하고 교양 있는 사람으로 보이고 싶은, 매우 자연스러운 사회적 욕구가 존재하기 때문이다.

하지만 가까운 사람과 있을 때는 긴장을 풀게 된다. 말 그대로 편안함을 느끼는 것이다. 편안하다는 건 내가 가진 모습 그대로 행동할 수 있다는 의미다. 더 쉽게 나의 면면을 드러낼 수 있다.

그런 태도의 이면에는 우리의 관계가 그것을 견딜 만큼 충분이 굳건하다는 신뢰가 있다고 한다. 즉 누군가와 가까워질수록, 더 깊은 신뢰가 형성될수록, 우리는 그 관계를 더 끝까지 밀어붙여볼 수 있다고 판단하게 된다.

참고　《사랑의 기술》의 저자 '에리히 프롬Erich Fromm'에 따르면 사랑은 자연스레 흐르는 것이 아니라 참여하는 것이다. 내 태도와 무관하게 다가오거나 유지되는 감정이 아니라 능동적인 활동이다. 사실, 이 단원의 목적은 질문에 대처를 하기 위한 것이 아니라, 남에게 더 잘하는 상대를 헤아리기 위한 것이었다.

어느덧 익숙해진 소파 깊숙한 곳으로 몸을 눕힌 채 이 관계를 관망하고 있는 건 아닐지, 그런 나를 예전만큼 챙기지 않는 상대에게 남보다 못하다고 원망만 하고 있는 건 아닌지, 스스로 돌아보는 시간이 되었으면 한다. 오늘은 몸을 일으키고 소중한 이에 대한 사랑을 실천해보자. 어쩌면 남에게 더 잘해야 하는 상대야말로, 누구보다 당신의 위로가 필요할지 모르니.

입맛 뚝 떨구며 주먹을 부르는

차마 두 눈 뜨고 볼 수 없는

Chapter 4.

시각 편

불난 관계에 기름 잔뜩 부으며
판을 키우는 말들

근거 있어?

몇 시 몇 분 몇 초?

초등학교 시절, 영란이라는 친구가 있었다. 실은 이름이 영란인지 명란인지 잘 기억나지 않지만, 확실한 건 말싸움을 기가 막히게 잘 했다는 것이다. 말다툼 학원이 있다면 비싼 돈을 들여 최고급 과정을 이수한 것만 같았다. 영란의 필살기는 '몇 시 몇 분 몇 초'였다.

"네가 저번에 그렇게 말했잖아!"

"내가 언제? 내가 언제! 몇 시 몇 분 몇 초!?"

주로 자신이 전에 했던 말이나 행동을 현 시점에서 유리하게 조정해야 할 때 이 필살기를 사용했는데, 듣게 된 상대 선수는 (왜 그리 정확하게 기억해야 하는지 따져보지도 못한 채) 상세 시점을 힘겹게 떠올리며 소리친다.

차마 두 눈 뜨고 볼 수 없는

"저번 주! 수, 수요일? 체육 시간…?"

답변을 하는 순간 진 거다. 정확한 시점을 꼬집기도 어려울 뿐더러 설령 잘 기억했다고 한들 고급 말다툼 과정을 이수한 승부사는 다음 답변을 준비해뒀기 때문이다. "그때 안 그랬는데? 지어내고 있네~" 혹은 "땡! 초가 틀렸어."라는 식이다. 그 이후부터의 갈등은 정확한 시점이 언제인지에 대한 것으로 번지고 본래의 주제는 희미해지기 시작한다.

나 역시 영란이와 다툼을 벌인 적이 있는데 제대로 된 합도 주고받지 못하고 막힌 숨을 겨우 내쉬며 패배했다. 심지어 그녀에게 정확한 시점을 답하지 못하고 눈만 껌뻑인 게 분해서 견딜 수가 없었다.

성인이라고 다를까. 많은 사람들이 영란과 비슷한 방식의 대화법을 사용한다. 근거가 확실한 경우에만 대화의 중심으로 인정하려는 것이다.

근거 있어?

❶ 내가 직접 확인하고 인정할 수 있는 기록으로만 싸울 거야.

물론 사건의 유불리를 위해서는 근거를 따지는 게 무척 중요하다. 하지만 서로를 신뢰하여 대부분의 사건을 감정과 기억으로 남겨두는 사이라면 얘기가 다르다. 가볍게 끝날 논쟁도 근거만 찾다가 더 큰 갈등으로 번지기 마련이다.

예문　"요즘 최○○이라는 배우가 뜬다더라고."

"근거 있어?"

"주변에서 그러던데? 티브이도 많이 나오고."

"에이, 그게 뭐야. Fact가 아니네."

이 표현의 뿌리는 연인이나 친구와의 대화에서 모든 걸 팩트와 논리로만 따져보려는 자세다. 팩트의 F 발음을 위해 아랫입술을 멋지게 씹으면서.

무엇보다 갈등 상황에서 자신을 변호하기 위해 사용할 때 효과가 만발한다.

"네가 끝나고 연락한다고 했잖아."

"내가 언제?"

"그럼 내가 하지도 않은 말 때문에 지금까지 기다렸다는 거야?"

"아니 그러니까. 근거 있어?"

　　　　　차마 두 눈 뜨고 볼 수 없는

| 심화
과정 | 이런 화법을 반복하다 보면 그 관계에서 오가는 대화의 대부분이 마치 법정 공방을 하는 것처럼 변질되기도 한다. |

"네가 아이폰 사전 예약 13일이라며?"

"내가 언제? 증거 있어?"

"있지. 통화 녹음해뒀어."

(녹음 내용 들은 후) "사전예약이란 단어는 쓰지만 아이폰이라는 말은 없는데?"

"당연히 아이폰 아니야? 그럼 뭐였는데?"

"톡으로 캡처 하나 보냈으니 봐봐. 우린 통화 직전에 뮤지컬 예약에 대해 톡을 주고받았어. 나는 이게 아이폰으로 이어졌을 확률이 낮다고 생각하는데?"

'고작 핸드폰 사전 예약일을 두고 왜들 이러지?'라는 생각이 들었다면 이 관계의 현재만을 보았기 때문이다. 중대한 것들에서 지지 않기 위해 단서 위주로 다투던 습관과 긴장감이 이런 사소한 일들까지 이어진 것이다.

| 주의
사항 | 명백한 근거와 논리로 무장한 당신. 말싸움에서는 매번 승리할지 모른다. 그렇게 관계에서 더러 발생하는 오해 |

들을 꽤 심플하게 수습하고 후련하게 지나칠 수 있다. 하지만 당신의 소중한 상대방은 굳이 단서로 남겨두지 않았을 뿐 분명히 존재하는 상황을 기억한다. 그것이 진실이든 그렇지 않든, 단서가 없다는 이유로 기각된 경험에 대한 감정은 사라지지 않고 고스란히 쌓여간다. 시간이 지나 어느 날, 당신을 신뢰하였기에 쌓아뒀던 감정의 덩어리를 근거로 제출할지 모른다. 이 관계를 끝내려는 결정에 대한.

참고   연인 관계의 경우, 아무리 명백한 증거가 있고 주변에 어느 한쪽의 손을 들어줄 사례가 있다고 해도, 둘 중 누군가의 마음속에 존재하는 불편이 있다면 그것은 우리 관계의 옳은 답변이 아닐 수도 있다. 만약 당신이 늘 근거와 논리로만 갈등 상황을 대했고 그 결과가 만족스러웠다면, 그것은 당신이 잘 싸워서가 아니라 상대방이 당신을 잘 수용했기 때문일지도 모른다.

그 태도에는 신뢰와 사랑이 있다. 이기는 습관에 취해 상대방의 마음을 너무 많이 끌어 쓰지 않길 바란다. 소중한 관계에는 논리적으로 이해할 수 없는 것들이 있다. 예를 들면 스스로의 논리에 갇혀 간단한 사과조차 고민하는 당신을, 상대방이 계속 만나야 할 근거가 없는 것처럼.

차마 두 눈 뜨고 볼 수 없는

근거 있어?

파괴력: ★★☆☆☆

지속성: ★★★★☆

습관성: ★★★★☆

유의어: #내가언제? #뭔소리야? #기억안나는데?

연관어: #알아듣게설명해봐

물어보지도 못해?

물음표의 신비

부끄러운 질문은 없다고 배웠다. 모르면서 아는 척할 바엔 물어보는 게 낫다고 말이다. 맞는 말이었다. 나는 대체로 질문을 통해 많은 것을 얻을 수 있었다. 모르는 걸 밝히는 용기, 그리고 질문하는 태도는 중요하다.

"혹시… 내일도 출근할 수 있나?"

그런데 이따금 그 가치관을 송두리째 흔드는 사람들을 만나곤 한다. 이들의 질문에 호기심이나 궁금증은 없다. 전하려는 메시지가 있을 뿐이다.

"저번에도 말씀드렸지만 내일은 동생의 결혼식이 있습니다."

"아 그랬나. 그런데 왜 그리 정색을 해? 물어보지도 못하나?"

차마 두 눈 뜨고 볼 수 없는

물어보지도 못하냐고? 물어볼 수 있지. 언뜻 듣기엔 문제가 없어 보인다. 앞서 언급했듯 질문은 하지 않는 것보다 하는 것이 낫기 때문이다. 하지만 자신이 했던 질문을 스스로 어떻게 바라보는가는 조금 다른 문제다.

물어보지도 못해?

❶ 아, 그래, 하면 안 되는 말인 건 알겠어. 그런데 뭐?
  그냥 질문일 뿐이잖아.
❷ 아니면 아니라고 하면 그만 아닌가?

이 표현은 앞선 질문에 묻었던 똥을 닦아주는 마법을 갖고 있다. 그래서 언제나 내가 원하는 바를 물음표와 함께 던질 수 있고, 뜻대로 되지 않으면 그 의도 자체를 소멸시킨다. 내용이 무엇이든 상대방이 불편할 기회까지 사라지는 셈이다. 그 말 자체가 질문이었다니까? 질문 몰라, 질문? 빡대가리야? 아님 머저리야? 아, 이것도 질문.

예문   이 표현을 사용하려면 그에 준하는 질문이 선행되어야 한다. 속이 보인다거나 상대방이 원치 않는 내용을 담은,

그걸 뻔히 알면서도 떠보는 그런 질문들. 아주 잠시만 생각해봐도 뱉으면 안 되는 말이라는 것쯤 알 수 있는 것들 말이다.

1. 속 보이는 질문

"어머님이 너무 편찮으셔서 걱정이야."

"여보, 정말 걱정이다. 그런데 어머님 보험은 들어두셨나?"

2. 상대가 원치 않는 질문

"궁금해서 그러는데 너는 왜 취직을 안 하니?"

'….(안 하냐니 그게 말이야 방귀야 뭐야?)'

3. 알면서도 떠보는 질문

"한잔 하고 들어가면 안 되겠지?"

"당신 입으로 오늘 아침에 약속했어. 다시는 안 마시겠다고."

이상한 말들을 해버렸으니, 이제 질문이었던 그것을 사면할 차례다. "그게 지금 왜 궁금한데? 몰라서 묻는 거야? 그걸 지금 말이라고 해? 양심이 없어?"와 같은 답변이 돌아왔다면 이 표현을 뱉기 위한 최적의 요건이 완성된다. 참나, 물어보지도 못해?

차마 두 눈 뜨고 볼 수 없는

주의
사항

아인슈타인은 말했다. 나에게 한 시간이 주어지면 처음 55분은 적절한 질문을 결정하는 데 쓸 거라고.

질문이 질문이기 때문에 쉽게 주워 담을 수 있을 거라고 생각하면 오산이다. 단 하나의 질문에 살아온 인생과 가치관, 상대방에 대한 태도까지 모두 담길 수 있다. 단 하나의 질문으로 새로운 삶을 맞이할 수도, 잘 살던 인생이 종잇장처럼 구겨질 수도 있다.

참고

생각해보니 내 가치관이 흔들렸던 이유는 질문의 내용 때문이 아니었다. 잘못된 질문 후의 뻔뻔한 대처에 기가 꽉 막힌 것이다. 고로 부끄러운 질문은 여전히 없다. 그것을 돌아보지 못하는 사람은 있고.

물어보지도 못해?

· ·

파괴력: ★★☆☆☆
습관성: ★★★★☆
뻔뻔함: ★★★★☆

유의어: #물어볼수도있지 #아무말도하지마? #대답하기싫어?

미안하다고 했잖아

할 만큼 했는데

"그런 경우 많지 않나요. 잘못은 자기가 해놓고. 미안하다고만 하면 땡인 것처럼… 상대방은 상처 회복이 덜 됐는데."

책을 집필 중인 걸 알고 있는 지인이 말했다. 이런 표현도 미운 말에 속하지 않느냐고. 당근이다. 밉지 뭐.

미안하다고 했잖아

네가 원하는 게 이거 아니었어? 부족해?

차마 두 눈 뜨고 볼 수 없는

돈을 꿔준 후부터 빌린 사람이 갑이 되는 기현상을 보거나 겪은 적이 있을 것이다. 상대를 위해 자신의 것을 내어준 사람은 신경 쓰며 상황을 챙기고, 오히려 채무자는 엄마 성에 못 이겨 이불 개는 아들마냥 수동적으로 문제를 대처한다. 긴 시간 실랑이 끝에 반이라도 처리가 되면 안도의 한숨을 쉬는 건 빌려준 쪽이 된다.

이 표현이 그렇다. 사과 받는 사람의 마음이 우선시되어야 하는데, 사과하는 사람이 마치 무슨 선심이라도 쓴 듯 갑이 되어버린다. 말하는 이에게 그럴 의도가 없다는 게 중요한 게 아니다. 상대방에게 그렇게 들린다. 의도도 없지 않을 테고.

예문   "오늘 저녁에 부부동반 있는 거 알지?"

"어."

"회사 앞으로 갈 테니까 끝나고 연락해."

"오늘 꼭 만나야 하나…?"

"왜. 아직도 기분이 안 좋은 거야?"

"솔직히 좀 그러네."

"아니… 내가 미안하다고 했잖아."

남편이 기어코 그 말을 꺼내고야 만다. 이 말은 가까운 연인이나 친구 관계에서 나타나며, 자신의 잘못에 대한 상대방의 태도를 정해두는 사람이 자주 사용하는 표현이다. 상대를 위한 진심이 아닌, 상황의 해결에 중점을 두고 사과를 던지기 때문이다.

따라서 그 안에 초조함이 있다. 표현 자체는 상대방을 향하고 있는데 충분한 사과의 기준은 나에게 있어서다. 대화가 길어지면 얄팍한 속내가 드러나곤 한다.

"미안하다고 했잖아."

"왜 짜증을 내는데."

"아니 언제까지 그럴 건데."

"기분이 풀리지 않는 걸 어떡하라고."

"설마 저녁에 사람들 만나서도 그럴 거야?"

**주의
사항**   사과를 수락하는 것은 상대방의 몫이다. 이 조건이 과하다고 느껴진다면 관계의 전반적인 면에서 당신은 맘 편한 채무자의 태도를 갖고 있을 확률이 높다. 맘이 편한 만큼 채무는 차곡차곡 늘어날 테고, 언젠가는 그것을 갚아야 함을 알아야 한다.

참고 I   돌아온 고백의 시간. 솔직히 나는 '미안하다고 했잖아'라고 말하는 쪽에 가까웠다. 잘못을 많이 저지르고 사는 탓이다. 그래서 이런 사람들의 마음가짐을 잘 아는 편이다.

차마 두 눈 뜨고 볼 수 없는

이처럼 제멋대로 용서의 시점을 정하는 사람으로부터 양껏 사과를 뺏어오는 팁을 공유하고자 한다.

1. 승자가 되지 않는다.

사과를 받는 건 보이지 않는 링에서 승리하는 것이 아니다. 오히려 이 관계를 중요하게 생각하는 자들끼리 주고받는 계약서에 가깝다. "이제 네가 잘못했다는 걸 알겠지?" "너 내가 저번부터 뭐라고 했어?"라며 승자의 텐션을 취하면 상대방의 마음 역시 '사과하려는 마음'에서 '패배를 감당하는 마음'으로 변하게 된다.

패배를 원하는 사람은 없을 테니 사과하려는 시도도 반으로 줄어들고, 반대 상황에서 똑같이 승자의 태도를 취할 것이다. 주고받으며 상황이 반복될수록 점차 사과하는 말투는 거칠어진다.

"그래, 내가 미안하다. 다음부터는 신경 쓸게."

"퍽이나? 진심이 하나도 안 느껴지는데?"

"진짜야. 미안해. 이쯤 하자."

"미안하다고? 웃기고 있네. 됐다 됐어."

"야, 씨X 장난쳐? 내가 미안하다고 했잖아!"

사과와 용서의 과정은 서로 신뢰를 쌓는 중요한 과정이다. 인간은 불완전한 존재라는 것을 상기하면서 내가 현재 상대방의 사과를 받아들일 수 있는지만 집중하자.

2. 모호한 태도를 유지하지 않는다.

화를 내거나 나의 상태를 언급하지 않고 평소와 다른 태도만 유지할 경우 상대방은 어느덧 자신의 잘못을(양심도) 잊고 긴장감 높은 상황으로 인한 피로만 느끼기 시작한다. 특히 상대방의 잘못을 전혀 다른 상황에서도 지속적으로 꺼내거나 비아냥 조로 꼬집으면 오히려 자기 잘못에 비해 과한 처사라고 느껴 화합의 의욕 자체가 꺾일 수 있다. 잘못의 크기를 떠나 상황이 주는 피로도가 그렇다.

그렇다고 해서 분이 풀릴 때까지 앉혀놓고 사과를 받을 수도 없는 노릇이다. 따지고 보면 아무리 많은 사과를 받아도 내 기분이 풀리지 않으면 소용없어서다. 이럴 때는 차라리 '내가 스스로 감정을 정리할 수 있도록 시간을 달라.'고 말하고 그 감정이 해소될 때까지 분명한 시간을 갖는 게 낫다. 상황을 명확하게 구분했으므로 나 역시 책임지고 해소에 집중하게 되고 그 시간 동안 상대방도 미안한 마음에 집중할 수 있다. 정확히는 미안한 마음이 들만큼 스스로도 여유를 찾게 된다.

차마 두 눈 뜨고 볼 수 없는

3. 불필요한 관대함을 버리자.

상대방이 너무 좋아서든, 사랑으로 용서하는 사람이 되기 위해서든, 아니면 이쯤에서 용서하는 게 경험상 적당하다고 생각했든, 내 감정이 완전히 해결되지 않은 상태에서 사과를 받아들이려는 노력은 좋다. 다만 그런 노력에 너무 취해 '네 입장도 이해가 된다.'라며 불필요한 관대함은 드러내지는 않는 게 좋다. 이는 앞의 '승자 텐션'과 마찬가지로 힘을 가진 사람의 특권으로 비치고, 상대방은 헛된 사과를 했다고 느낄 가능성이 있다. 이후 동일한 수준의 미안함이 있을 때는 사과하지 않을 것이다. "언제는 나를 이해한다며?"

4. 사과를 무효 처리하는 말을 삼간다.

"됐어." "그냥 잊자."와 같은 표현은 상대방의 입장에서 자신의 사과가 전달되었는지 알기 어렵다. 자신이 사과를 하기 때문에 문제가 해소되고 있다고 깨닫지 못하는 것이다. 사과의 효과성을 의심하게 되어 그것을 멈추게 될 확률이 높다. 정말 감정 없이 툭 덮어둘 사이가 아닌 이상 상대방의 사과는 그 자체로 가치를 지닐 수 있도록 보존하자.

쓰다 보니 사과를 받기 위해 이 많은 걸 기억해야 하나 싶다. 이중 한 가지만 기억해도 사과를 받는 과정이 한결 수월해질 것이다. 본디 사과는 하는 것보다 받는 것이 더 어렵다고 하더라. 부디 이 글이 당신의 분노와 상심을 원활하게 해소될 수 있는 계기가 되길 바란다.

참고 II　혀가 참 길어지는 단원이다. 한편으로 나처럼 잘못을 많이 저지르고 사는 사람들을 위해 효과적으로 사과하는 법을 남긴다. 부디 소중한 이의 상처를 잘 치유할 수 있는 사과를 하기 바란다.

1. 구체적으로 사과한다.

퉁치는 사과를 받아줄 사람은 많지 않다. '내가 좀 그랬지? 미안.'과 같은 방식의 사과는 '뭐가 미안한데?'로 돌아올 확률이 높다는 걸 잘 알 것이다. 진심으로 사과를 하고 싶다면 새는 바가지에 껌 붙이듯 뭉개지 말고 적나라한 사과를 하자. 용기가 필요한 일인 걸 잘 안다. 하지만 사과를 하기로 맘먹었다면 제대로 하는 게 낫다.

"지난번에 다른 사람들 앞에서 '네가 뭘 알아.' 같은 말을 해서 정말 미안해. 그때는 잘난 척을 하고 싶어서 막 말했는데, 지금은 후회하

차마 두 눈 뜨고 볼 수 없는

고 반성하고 있어."

2. 내 문제만 언급하고 끝낸다.

사과는 사과로 끝내는 게 깔끔하다. '그런데 말이야. 너도.'처럼 사과를 다른 조건을 위한 교두보로 사용하면 그 자체의 가치가 증발한다. 차라리 하지 않는 것보다 더 큰 갈등으로 이어질 수도 있다. 사과할 마음이 있다면 사과에만 집중하자.

3. 사과하는 당신이 참 아름답다.

사과는 '나'라는 존재 전체에 대해 하는 것이 아니다. 상대방과의 여러 의미 있는 역사 중 특정 시간과 맥락에서 발생한 하나의 사건에 대한 것이다. 사과라는 행위가 나 자신을 망치는 게 아니라 오히려 더 나은 존재로 발현하는 시도라는 것을 알았으면 한다. 당신의 사과는 아름답다.

미안하다고 했잖아

파괴력: ★★★☆☆

지속성: ★★☆☆☆

역효과: ★★★★☆

유의어: #아직도화났어? #언제까지꽁해있을건데 #할만큼했잖아

연관어: #따지고보면너도

차마 두 눈 뜨고 볼 수 없는

틀린 게 아니고 다른 거야

나는 나, 너는 너

"틀린 게 아니고 다른 거야."

본디 좋은 표현이다. 익히 보았을 것이다. 틀렸다고 말하는 상대에게 다름을 인정해야 한다고 멋지게 말하는 모습.

그런데 교묘하게 악용하는 사람의 입을 통하면 이 좋은 가치도 전혀 다른 방향으로 흐르곤 한다. 예컨대 조별 과제를 위한 회의에 왜 참여하지 않느냐는 질문에 '과제를 준비하는 스타일이 그렇다. 다름을 인정해달라.'고 한다면 어떨까. 말인지 말똥인지 모를 그것을 듣는 순간 물음표 모양의 불기둥이 정수리를 뚫고 나올 것이다. 설령 그 사람이 참여하지 않는 게 과제의 성과에 도움이 된다고 하더라도, 이 말은 나에게 불편한 경험이 된다.

틀린 게 아니고 다른 거야

난 당신을 위해 뭔가 바꿀 생각이 없는데.

타인을 위해 스스로를 바꿀 필요는 물론 없다. 나를 있는 그대로 이해하고 사랑하는 사람과 함께라면 더없이 행복한 삶을 살 수 있다. 그러나 대부분의 관계는 지문의 모양부터 생각의 방식, 심지어 숨소리까지도 다른 사람들이 제한된 환경 내에서 서로를 이해하는 일이 아니던가.

우선 자유와 방종의 차이를 보자. 자유라는 좋은 가치도 타인의 자유를 고려하지 않는 순간 제멋대로의 방종이 되고 만다. 누군가와의 관계가 시작되었다는 건, 자유의 범주에 있던 행동 일부가 방종이 될 여지가 늘었다는 의미이기도 하다. 각자의 것이 아닌 '우리의 것'이 존재하기 시작하고, 그것을 온전하게 누리기 위해서는 관계의 곳곳에서 발생하는 차이를 다양성의 측면에서 이해해야 한다.

다양성. 근사하고 값진 말이지만 정작 내 일상의 미션으로 실행한다는 건 쉬운 일이 아니다. 다름의 인정이 내 것의 손해로 연결되기도 하기 때문이다. 기숙사에서 함께 생활하는 룸메이트를 떠올려보면 간단하다. 나는 위생적이고 깔끔한 환경을 추구하는데 룸메이트는 3일에 한 번 씻고 실내화와 실외화를 구분하지 않

차마 두 눈 뜨고 볼 수 없는

으며 음료수 캔이 다섯 개 이상 쌓여야 책상을 정리한다면 어떨까. 심지어 그는 그것이 더 건강하고 자연스러운 삶의 모습이라고 생각하고 있다.

이럴 경우, 다양성을 인정하기 위해 나는 상대방의 실외화 바닥에 붙어서 이곳으로 무혈입성한, 내가 하루에 두 번씩 닦는 바닥을 기어 다니고 있을 각종 세균들을 머릿속에서 지우기 위해 애써야 할 것이다. 그리고 이런 고통과 노력은 상대방의 입장에서도 얼마든지 존재할 수 있다. 그만큼 관계 안에서 다름을 인정한다는 건 서로에게 어려운 일이다.

예문　"먹은 것 좀 바로 정리해줄래?"

"나는 설거지는 모아서 하는 편이야."

"아니 그러면 상이라도 좀 치워두던가. 벌레 꼬이잖아."

"벌레 좀 꼬이면 어때~."

"어떠냐니? 당연히 싫지. 먹고 바로 치우는 건 당연한 거 아냐?"

"친구야, 이건 틀린 게 아니라 다른 거야."

이 표현의 핵심은 그 어려운 일을 '당연히' 해내야 한다는 뉘앙스다. 그 노력을 상대방에게만 요청하고 있는 건 비밀. 듣는 입장에서는 자신의 인류애적 사고가 부족하고 미성숙한 것 같은 착각이 들지도 모른다.

"그건 틀린 게 아니라 너랑 내가 다른 거야."

"그래 맞아. 이건 서로 다른 거야."

"잘 아네. 그러면 이런 나를 인정해야지."

"아니지. 그런 너 때문에 힘든 나를 네가 인정해야지."

연인이나 부부처럼 그 테두리가 분명한 관계의 경우 이 표현의 부정적인 영향이 더 강해진다. 이미 서로를 알 만큼 알고, 단 두 사람이 창조한 세상 속에선 보편이 진리가 되지 않는 경우도 많기 때문이다. 나 자신만을 변호하고 이 관계의 가치와 상대방의 고통은 무시하는 태도로 다가갈 확률이 높다. '서로의 차이를 인정해야 한다.'는 본연의 의미와의 모순이 일어나는 셈이다. 이럴 경우 유치원생들의 '울 아빠가 더 쎄.' 수준의 대화가 이어질 수도 있다.

참고 이 단원을 읽어 내려가면서 역시 혼자가 낫다고 생각할지도 모른다. 하지만 당신은 이미 여러 관계를 지나오며 크고 작은 것들을 얻었다. 그리고 지금도 그런 관계에 속해 있다. 그들은 오늘도 자신과 다른 당신의 여러 면모들을 바라보고 있다. 헤아리고 있다.

차마 두 눈 뜨고 볼 수 없는

틀린 게 아니고 다른 거야

파괴력: ★★☆☆☆

뻔뻔함: ★★★★☆

얄미움: ★★★★★

유의어: #난원래그래 #어쩌라고 #네가잘못된거야 #싫음말어

그러는 너는

뭘 잘했는데

갑과 을이 서로 크게 다퉜다. 갑은 얼굴에 타박상을 입었고 을은 팔이 골절됐다. 서로를 폭행죄로 고소했다. 두 사람에겐 어떤 일이 벌어질까.

두 개의 고소건은 각기 다른 사건으로 진행된다. 같은 사건으로 합치면 피의자의 잘못을 명확히 따질 수 없기 때문이다. 고소인/피고소인, 피의자/피해자가 선명하게 정해진 각 사건 관점에서 판단을 하고 잘못의 유무를 가린다. 따라서 서로의 잘못이 상쇄되어 더 잘못한 사람만 처벌을 받지 않는다. 두 사람 모두 각자의 죄에 상응하는 처벌을 받는다. 갑은 골절상에 해당하는 폭행죄를, 을은 타박상에 해당하는 폭행죄를.

우리 관계에서 일어나는 일들을 형법처럼 딱딱하게 해석할 필요는 없겠지만, 내 문제를 상대방의 것으로 가릴 수 있을지에 대해서는 생각해볼 필요가 있다. 이따금 자신의 잘못에 대한 질책을 받아들이지 못하고 상대방의 지난 과오를 들먹이며 맞불 작전을 시도하는 경우가 있어서다.

그러는 너는

너도 예전에 잘못한 게 있으니 이번 내 잘못은 무효!

갈등의 시작은 상대적으로 심플하다. 문제를 만든 사람이 있고 그것을 탓하는 사람이 있다. 전자는 사과를 하거나 오해를 풀고, 후자는 사과를 받거나 오해한 부분을 해소한다. 이 과정에서 상황을 보는 서로의 관점이 다르다거나 문제가 반복되는 등 여러 변수가 있지만, 위의 '그러는 너는'을 뱉기 전까지는 그나마 수습이 가능한 수준이다.

상대방의 잘못으로 내 것을 방어하기 시작하면 갈등의 형태가 달라진다. 사과를 해야 하는 지점이나 풀어야 하는 오해 요소를 찾기 어려운 상태가 되기 때문이다. 뱉은 이의 입장에서는 상황이 혼탁해졌으니 당장의 불리함을 모면하는 것 같겠지만 착각이다.

사과 한 번으로 끝날 일도 이로 인해 대혼전이 되기 때문이다.

예문   "말도 없이 한 시간이나 늦은 건 너무하지 않아?"
       "그러는 너는 저번에 당일에 약속 취소했잖아."

이 말은 갈등을 키우는 전형적인 표현에 해당한다. 그 안에 잘못을 물물교환처럼 주고받을 수 있다는 전제가 깔려 있어서다. 한 줌이었던 다툼도 이로 인해 3대에 걸치는 송사가 되기도 한다. 복잡해질 상황에 비해 발현은 참 쉽다. 내 잘못을 방어할 수 있을 만한, 상대방의 지난 과오를 하나 짚어내는 식이다. 이런 사고가 계산기처럼 자동화된 사람을 본 적이 있다. 어디 가서 손해 볼 것 같지는 않더라. 딱히 이득 볼 것 같지도 않고.

**심화
과정**   이 분야에 엄청난 수완가들이 있다. 자신에게 불쾌하거나 의미 있는 일이 아니어도 미래를 위해 상대방의 잘못 하나하나를 저축해둔다. 그렇게 모아둔 포인트를 내가 원하는 시점에 알뜰하게 사용한다. 예컨대 애인이 이성의 친구들을 만나도 별다른 의미를 두지 않는 사람이 미래에 자신이 저지를 잘못을 정당화하기 위해 기억해두는 식이다. 그날이 오면 모아둔 적금을 깬다.

차마 두 눈 뜨고 볼 수 없는

"모르는 여자들하고 합석을 했다며! 어떻게 그럴 수 있어!?"

"그러는 너도 저번에 아는 오빠들 만나서 놀았잖아."

"그 얘기가 왜 나와? 그리고 만나도 된다며!"

"나도 그날 연락 안 와서 엄청 힘들었다고~"

"웃기지 마. 오빠 그날 밤새 게임했잖아!"

"아니, 그래서 네가 잘했다는 거야?"

대단한 승부사 나셨다.

**주의
사항**   상대방의 과오로 현재의 내 잘못을 가릴 수는 있을지언
정 해결되는 건 없다. 상황이 명확해야 사과도 용서도 할
수 있기 때문이다. 억울한 부분이 있더라도 토로하고 이
해받을 기회가 생긴다. 혼탁해진 시야에서 지난 문제들
로 배팅을 하다 보면 이런 기회는 사라진다. 남는 건 서로
가 흩뿌려놓은 잘못, 그리고 낙인에 대한 분노뿐.

참고   금기 행동의 범위에 대해 생각해볼 필요가 있다. 무작정
많은 규율을 만드는 건 오히려 규칙을 어기지 않기 위해
서만 노력하는 관계로 이어질 수 있어서다.
커플들에게 '상대방이 하지 않았으면 하는 행동'을 적게
했더니 대부분 그 목록이 서로 달랐는데, 심지어 완전히

다른 커플도 있었다. 이들 중 관계의 만족도가 상대적으로 낮은 커플들은 두 개의 목록을 모두 금기사항으로 여기고 있었고, 반면에 만족도가 높은 커플들은 상대방의 목록에만 집중하고 있었다.

이따금 서로에게 원치 않는 것들을 합집합의 형태로 규정하는 연인들이 있다. 예컨대 나한테 하지 말라고 했으니 너도 하지 말라는 식이다. 이런 방식은 내가 상대방에게 딱히 바라지 않는 것들도 요구하게 만든다. '그러는 너는'과 마찬가지로 서로가 원하는 것 이상으로 불필요하게 많은 잘못들을 양산한다. '우리'가 아닌, 각자가 바라지 않는 것들에 집중해보는 게 어떨까. 금기 목록에도 다이어트가 필요하다.

그러는 너는

· ·

파괴력: ★★☆☆☆
확장력: ★★★★★
습관성: ★★★★☆

유의어: #뭘잘했다고그래 #네가그럴자격있어?
연관어: #아니그래서뭐어쩌라고 #미안하다니까 #짜증낸거아니라고

차마 두 눈 뜨고 볼 수 없는

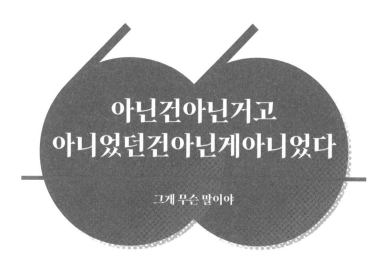

아닌건아닌거고
아니었던건아닌게아니었다

그게 무슨 말이야

박 팀장은 꼼꼼하고 분명한 사람이었다. 판단이나 결정에 신중했으며 어영부영 넘어가는 일이 없었다. 그럼에도 의견을 낼 때 딱히 망설이지 않았으며, 말도 곧잘 해서 듣다 보면 설득되곤 한다. 어지러운 상황 속에서도 끝내 명료한 결론에 도달하는 사람. 경영자들은 그를 신뢰한다.

한번은 김 대리가 기한 내에 지시 받은 업무를 완료하지 못한 일이 있었다. 박 팀장은 이유를 물었고 그는 여러 업무를 처리하다 보니 놓치게 되었다고 대답했다.

"기한을 놓칠 만큼 업무가 많아요?"

"아닙니다. 제가 일정을 좀 더 잘 정리했어야 했는데, 죄송합니다."

"그래요. 좀만 신경 쓰면 할 수 있었잖아요."

"네, 죄송합니다."

사실, 최근 과열된 업무로 인해 팀원들은 모두 지쳐 있었다. 특히 박 팀장이 지시한 업무의 마감 기한이 한 시점에 몰려서 모든 걸 맞추는 건 어려운 상황. 우선순위대로 업무를 처리했고 가장 덜 중요한 일이 반나절 정도 늦어졌다. 며칠 전 이런 상황을 보고했지만 박 팀장은 '미리 결정하지 말고 하는 데까지 해보라.'고 답했다. 말 그대로 하는 데까지 해본 것이다. 그러나 김 대리는 말을 아꼈다. 이런 타이밍에 괜한 얘길 꺼냈다간 고통만 더 길어지기 때문이다. 참는 게 빨리 끝나는 길이었다.

얼마 뒤 박 팀장이 김 대리를 따로 불렀다. 아까 자신이 그렇게 말한 게 서운하냐고 물었다. 김 대리가 그렇지 않다고 답하자 김 대리의 어깨를 툭툭 치며 말했다.

"괜찮으니 얘기해보세요. 최근에 업무가 많았나요?"

김 대리는 긴장했던 허리 근육을 풀며 한 달 넘게 야근이 반복되는 상황을 공유했다. 곰곰이 듣던 박 팀장은 눈이 시린 듯 얇게 뜨고는 다른 어딘가를 응시했다. 그러다가 주름 진 미간 어딘가를 엄지로 누르며 물었다.

"저번 주 목요일엔 일찍 퇴근들 하고 한잔 하시는 거 같던데?"

박 팀장은 그 말을 시작으로 근무 상황에서 알게 모르게 유실되는 시간에 대해 설명했다. 바쁜 시기니 포장 음식을 사 먹었다면 점심, 저녁에 한 시간 이상 절약할 수 있었고, 커피를 사러 나가더라도 카페에 앉아 있지 않고 바로 왔다면 꽤 많은 시간을 확보할 수 있었다고, 그런 시간들을 잘 모으면 반나절쯤은 당길 수 있지 않았겠느냐고. 김 대리는 허리를 다시 세우고 고개를 끄덕였다.

"이제 내가 아까 했던 말에 대해서는 서운하지 않은 거죠?"

"넵."

김 대리는 동의한다는 표정으로 대답했다. 그게 가장 빠른 길이었다.

박 팀장은 세포 단위까지 상황을 쪼개는 사람이다. 일의 전후 관계는 물론 수년 전의 일도 소환해서는 판단 근거로 활용하기도 한다. 정교하고 빈틈없는 박 팀장을 상대하려면 그에 준하는 실력을 갖추어야 한다. 아니면 그에게 맞추는 수밖에 없다. 그는 끝끝내 자신이 원하는 결론을 내는 존재니까.

아닌건아닌거고
아니었던건아닌게아니었다

❶ 아닌 걸 아니라고 말할 수는 없으니 맞는 것과 아닌 것을
따져봐야 해. 그러기 위해서 사소한 것들도
아귀가 맞을 때까지 확인해볼 거야.

박 팀장의 결론은 한 폭의 정교한 그림과 같다. 상황을 파악
하거나 상대방과 대화를 하며 캔버스 곳곳에 주요 사건을 배치하
고 그것들을 잇는 밑그림을 그린다. 얼기설기 형체를 갖춰가던 그
림은 미묘하게 다른 색들로 채워지며 점차 구체화된다.

얼핏 보면 그가 여러 상황을 고려한 멋진 그림을 그리는 사람
같지만 실상은 그렇지 않다. 아무리 정교하게 그린들 결국 자신의
그림이기 때문이다. 질문은 했지만 상대에게 결코 붓을 넘기지 않
는다. 보고 싶지 않은 부분이 있으면 자신만의 색과 모양으로 덮기
위해서다. 상대를 이해하기 위한 것이 아닌, 원하는 결론에 도달하
기 위한 시간을 아낌없이 투자한다.

대화가 일단락된 후에는 그림 이곳저곳을 살피며 눈에 거슬
리는 부분을 골라낸다. 그것들을 고쳐 그리기 위해 다시 대화(로
시작하지만 갈등으로 이어지는 그것)를 걸기도 한다. 부지런히 주제의
시공간을 넘나들며 그림 여기저기를 덧칠한다. 마침내 완성된 그
것을 보며 생각한다. 이번에도 정확한 결론을 얻었구나.

차마 두 눈 뜨고 볼 수 없는

예문　"회식 있어도 11시 전에는 집에 들어간다고 했잖아."

"버스를 놓쳐서 그랬어. 그 시간에도 겨우 나온 거야."

"그러면 이런 약속을 하지 말았어야지. 버스 간격이 8분이잖아? 일어나야겠다고 생각한 시간보다 좀 더 빨리 일어났으면 얼마든지 올 수 있었어."

"아니… 그게 어려웠다고. 나가려는데 부장님이 말씀을 안 끝내시잖아. 어떻게 중간에 끊어."

"시간 맞춰 나오려고 하니까 늦어지지. 미리 얘기하면 되잖아."

"괜히 미리 얘기했다가 나오기 더 어려워질 수도 있어서….""

"그렇게 힘든 일이면 이런 약속을 하지 말았어야지."

"네가 싫어하니까 노력하겠다는 의미였어."

"너는 분명 약속을 했고, 그 사실은 변하지 않아. 그리고 넌 2주 전에도 동일한 잘못을 했어."

"그래 맞아. 그때도 사과를 했고."

"그때 나한테 '이제 안 그러겠다는데 왜 믿질 못하냐.'라고 했었거든. 이럴까 봐 그랬어."

"그래, 미안해."

"오늘 같은 일이 더 생기지 않도록 다음부터는 30분 전에 미리 얘기를 해. 더 빨리 나오면 되잖아."

"그래. 노력해볼게."

"아니, 노력하지 말고 약속을 했으니 그 약속을 지켜."

"그래. 지킬게."

"그래. 이제 사과해."

"뭘…?"

"오늘 약속을 못 지킨 거."

"아까 사과했잖아."

"그건 저번에 나에게 못 믿는다고 했던 말에 대한 거고."

"하… 너 이럴 때 진짜 어떻게 해야 할지 모르겠어."

박 팀장의 일화를 보며 '세상에 저런 사람도 있구나.' 혹은 '바로 저 사람이 내가 매일 만나는 상사다!'라고 생각할 수 있다. 그런데 요는 내 주변의 박 팀장이 아니다. 내가 누군가에게 박 팀장이 되는 순간이다.

업무 상황과 달리 연인 등 가까운 관계에서는 누구나 조금만 노력하면 박 팀장 같은 인재가 될 수 있다. 이곳에선 내키지 않는 부분을 납득이 될 때까지 확인할 수 있기 때문이다. 연인은 서로 다른 두 사람이 만나 여러 상황을 조율하며 더 강하게 결속되는 관계다. 내가 얼마나 많은 상황들을 기억하고 끈덕지게 추궁하는가에 따라 그 관계에서의 입지가 결정되는 것이다. 노력의 양에 따라 권력의 크기가 달라진다는 의미.

박 팀장의 권력을 누리려면 관계 속의 모든 상황에서 결

차마 두 눈 뜨고 볼 수 없는

론과 정답을 찾아내면 된다. 그러기 위해서는 상대에 대한 시선을 날카롭게 갈고닦아야 한다. 약점이 무엇인지, 어떤 경우에 실수를 하는지 등을 꼼꼼하게 기억하는 것. 갈등이 생기면 잘못을 시인할 때까지, 혹은 갈등이 내 범위 안에서 흡족하게 정리될 때까지 상대를 몰아붙인다.

심화 과정   상대가 일거수(손을 한 번 드는 행위)의 순간에 어떤 생각을 했고, 일투족(발을 한 번 옮기는 행위)을 하면서 왜 나를 고려하지 않았는지 물어볼 수 있다. 이런 태도를 갈고 닦을수록 상황 대응이나 논리도 늘고 증거자료도 빠르게 떠오를 것이다. 심지어 지구력도 증가하니 늘 승리할 것이다. 상대가 딱히 잘못하지 않은 상황에서도 사과를 받을 수 있다. 승리하는 습관. 좋지 아니한가!

"어제 나한테 했던 말 말인데."

"어?"

"어떻게 해야 할지 모르겠다고 짜증 투로 말했잖아."

"어? 어….."

"약속을 어긴 건 넌데, 왜 내가 그런 말을 들어야 했는지 이해가 좀 안 되네."

"아… 그걸 아직도 생각해…?"

"아닌 건 아닌 거니까."

"…."

**주의
사항**

승리의 의미에 대해 생각해볼 필요가 있다. 잘못을 시인하며 상황이 종료되는 것처럼 보이지만 상대는 모든 상황에 현미경 단위로 파고드는 당신에게 점점 입을 다물 것이다. 당신에게 승리하는 습관이 생기는 것처럼, 상대에게는 패배하는 습관이 생기기 때문이다.

패배에 익숙해진 사람은 그 이유를 굳이 곱씹지 않는다. 따라서 갈등에 따른 내 잘못의 경중에 대해 체감하고 고민하기보다는 (앞 사례의 김 대리처럼) 상황이 종료될 수 있는 길만을 찾게 된다.

어쩌면 당신을 너무 사랑해서 몇 번이고 무거워진 입을 열어 '진짜 생각'을 꺼내보려 했을지도 모른다. 하지만 포기를 모르는 당신은 그 역시 캔버스에 구겨 넣기 위해 꼬집고 짓누르고 분해했을 것이다. 김 대리는 퇴근을 한다. 당신의 상대에겐 퇴근이 없다. 언젠간 수십 분째 혼자 말하고 있는 당신을 발견하게 될지도 모른다.

참고

완벽히 일관적이고 옳은 일이란 게 있을 수 있을까. 당신의 날카로운 결론은 하나의 상황 내에서는 일관적이지

차마 두 눈 뜨고 볼 수 없는

않은 상대의 빈틈을 보기 좋게 꼬집을지 모른다. 하지만 당신도 마찬가지다. 그 기준이나 판단이 과거와 얼마든지 달라질 수 있다.

아닌건아닌거고
아니었던건아닌게아니었다

❷ 아닌 걸 아니라고 말할 수는 없어. 그런데 아니었던 건 지금 입장에서는 아닌 게 아닐 수도 있지.

늘 당신에게 승리를 안겨주는 그 상대는 결코 바보가 아니다. 한두 번의 대화로는 눈치 못 챌지도 모르지만 지속적인 관계 속에선 '납득하기 수월한 방향으로 현상을 고쳐 그리는' 당신의 논리가 결코 탄탄하지 않다는 걸 깨닫게 된다. 그럼에도 오늘의 당신이 던지는 뾰족한 문책을 감당하는 이유는 무엇일까. 지금 이 모든 상황이 사랑하는 당신을 위해 헤아렸던 시간의 결과이기 때문이다. 제 멋에 취해 '이기기 위해 노력하는' 당신 그 자체를 수용해온 것.

이런 상대를 잃고 싶다면 계속해도 좋다. 박 팀장질.

아닌건아닌거고아니었던건
아닌게아니었다

....

파괴력: ★★★☆☆

지속성: ★★★★★

중독성: ★★★★★

유의어: #사실을말한거야 #난틀리지않아 #아닌건아닌거야

반의어: #네가그렇다면이유가있는거야

차마 두 눈 뜨고 볼 수 없는

까놓고 말해서

사실이잖아

"무슨 생각하는지 다 보여서 좋겠어요."

심리학을 전공했다고 하면 이따금 듣게 되는 말이다. 물론 그런 능력은 없다. 하지만 혹여 심리학을 공부해서 사람을 꿰뚫는 눈이 생긴다고 하더라도 그리 반가운 일은 아니다. 나는 그 능력이 얼마나 끔찍한 것인지 전달하기 위해 시간을 들여 설명하는 편이다. 예를 들어 내 앞에 앉아 있는 애인의 모든 면이 눈앞에 드러난다면 어떨까.

조각 케이크를 집어서 입에 넣는 순간 침과 뒤섞이며 잘게 부서지는 장면이 보인다. 부서진 그것들은 다음 조각이 들어오기 전식도를 타고 내려가 위에 안착한다. 여기까진 그 정체를 조각 케이

크의 일부로 볼 수 있다. 허나 소장을 지나며 모든 영양소를 빼앗기고 대장을 지나며 수분마저 사라지고 나면 그것을 더 이상 음식의 범주로 볼 수 없다. 대변이 되어 직장 구석에서 누렇고 뿌연 가스를 만들어낼 뿐이다. 애인은 '아 젠장 똥이 마렵네.'라고 생각하고는 잠시 자리를 비우겠다며 나에게 부드럽게 양해를 구한다. 이런 일이 실제로 벌어진다면, 제정신으로 상대방을 대할 수 있을까.

초등학교 때 배운 소화 과정까지 꺼내 언급한 이유는 모든 걸 분명하게 드러내는 게 항상 좋을지에 대한 의문을 갖기 위해서다. 이따금 받아들일 준비가 되지 않은 이야기를 '사실'이라는 명분하에 탁자 위로 꺼내는 사람들이 있다.

까놓고 말해서

네가 원치 않는 이야기를 꺼낼 거야. 대화를 유리하게 끌고 가야 하거든.

이 표현의 화자는 앞으로 할 얘기가 상대방을 불편하게 만든다는 걸 알고 있다. 따라서 말 자체의 목적은 '사실을 꺼내 놓는 것'보다 '지금부터 그런 태도를 취하겠다.'고 경고하는 것에 가깝다.

차마 두 눈 뜨고 볼 수 없는

"어떻게 말도 없이 그 많은 돈으로 주식을 샀냐고!"

"전문가가 분명 오른다고 했다고!"

"그래도 적당히 했어야지 적당히!"

"까놓고 말해서 장인어른도 노름으로 재산 다 날리셨잖아."

"그 얘기가 왜 나와 지금? 장난해?"

"그거보단 상황이 낫다고! 주식은 다시 오를 수도 있잖아."

누군가를 불편하게 만드는 이야기는 그 종류가 참 많다. 모든 사람이 알고 있지만 굳이 들추지 않는 사건일 수도 있고, 둘만 아는 비밀일 수도 있다. 아무도 모를 거라 생각했던 가정사도 될 수 있다. 경고는 했으니, 꺼내기만 하면 된다.

누군가의 생각을 멋대로 해석하여 내가 타인을 어떤 식으로 바라보는지 드러내는 경우도 있다.

"그게 무슨 말이야?"

"까놓고 말해서 너도 내 돈 보고 친해진 거 아니야?"

"네가 부자인 건 나에게 별 의미가 아니고 그것조차 얼마 전에 말해줘서 안 거야."

"거짓말 마. 돈 냄새 맡은 거잖아!"

"당신은 꼭 한 부분만 집중해서 닦더라? 지금 청소만 한 시간째 하고 있어. 알아?"

"아니 난 이렇게 해야 개운하니까 그러지."

"까놓고 말해서 그거 강박이야. 더 심해지면 결벽증 돼."

앞의 단원에서 언급했던 '심리학자 불변의 법칙'처럼, 부부나 연인 관계에서도 자칭 심리분석 전문가들이 있다. 이들은 일상에서 상대방이 드러내는 습관이나 행동을 분석하여 날카롭고도 과감한 고견을 뱉곤 한다. 그것이 사실이라고 굳게 믿으며.

까놓은 그것이 사실이면 문제가 없는 걸까? 형법에는 '사실적시 명예훼손죄'가 있다. 사실을 적시하여 타인의 명예를 실추시킨 자에게 처하는 벌로서 2년 이하의 징역이나 500만 원 이하의 벌금에 처해진다. 사실을 말하더라도 상대방이 원치 않는 경우엔 죄로 인정이 되는 것이다. 진실 여부를 떠나 누군가 원치 않는 이야기를 꺼낼 때는 주의를 기울여야 한다. 특히 갈등으로 인해 감정이 고양된 상황이라면 까놓은 그것으로 인해 먼지 나게 까일 수 있다.

차마 두 눈 뜨고 볼 수 없는

주의 사항 Ⅱ	서두의 '모든 걸 볼 수 있는 눈'으로 돌아가서, 설령 내 눈에 모든 게 다 보인다고 한들, 상대방에겐 존재하지 않는 일이다. 즉 '우리'의 관점에서 그것은 사실이 아니다. 내가 보려고 노력하면 더 보일 것이고, 꺼내면 꺼낼수록 상대방도 나의 눈을 갖게 될 것이다. 달콤한 조각 케이크가 대변으로 보이는 눈.
참고	결혼생활이 행복하지 않다고 말하는 부부들의 언어 패턴에 대한 연구 결과, 상대방에 대해 과장하거나 험하게 말하는 게 문제가 아니었다. 정곡을 찌르는, 소위 '맞는 말'을 골라서 하고 있었다. 맞는 말에는 배려가 없다.
	맞는 말을 아끼는 법은 그리 어렵지 않다. 가타부타를 떠나 내 말로 인해 상대방이 어떤 기분을 느끼게 될지 예상해보면 된다. 그런 기분을 느끼게 하는 게 목적이라면, 어쩔 수 없지만.

까놓고 말해서

파괴력: ★★★★☆

지속성: ★★★★☆

실망감: ★★★★☆

유의어: #사실이잖아 #내말이틀려? #이말까진안하려고했는데

차마 두 눈 뜨고 볼 수 없는

넌 그래서 안 돼

앞으로도

"넌 그래서 안 돼."

길게 설명하지 않아도 이 말이 누군가의 가능성을 짓밟거나 계단 헛디디듯 의욕을 쭉 빼는 말이라는 것쯤은 알 것이다. 그럼에도 주변인이 나의 진중한 조언을 받아들이지 않는다거나 사소한 부주의로 실수를 반복하는 걸 볼 때, 혹은 오늘따라 그저 나를 뽐내고 싶을 때 이렇게 말해버리곤 한다.

지금에 이르러 이 말을 뱉었던 순간들이 부끄럽게 느껴지는 걸 보면 그럭저럭 더 나은 인간이 됐나 싶다. 내 입장에선 상대방의 방식이 효과적이지 않아서 더 나은 방법을 알려주기 위해 대화의 첫발을 이 표현으로 디뎠던 것으로 기억한다. 하지만 듣는 이의 반응은 이따금 예상과 달랐다.

네가 뭔데 날 평가해?

넌 그래서 안 돼

❶ 그렇게 해서는 지금보다 나아질 가능성이 없어.
그래서 난 너에 대한 기대가 없어.

'못났다, 못한다, 별로다'와 같은 말들은 불쾌하지만 그 시점이 현재에 국한되어 있다. 지금은 못났지만, 지금은 못하지만, 지금은 별로지만, 나아질 수 있다는 가능성이 남는다. 하지만 인간이 가장 의욕을 잃는 순간은 미래가 없다고 느낄 때다. 넌 그래서 안 돼. 이 말의 시점은 현재가 아닌, 미래다. 그 가능성을 앗아간다.

따라서 이 표현은 나를 잘 아는 사람으로부터 들었을 때 폭발력이 가장 강하다. 딴에는 홧김에 별생각 없이 뱉었다고 한들 상대에게 도착할 때쯤엔 거대한 화마가 되는 것이다.

그래서일까. 친밀한 관계에서의 우위를 점하기 위해 이 표현을 활용하는 경우가 적지 않다.

차마 두 눈 뜨고 볼 수 없는

넌 그래서 안 돼

❷ 너는 이 관계를 지속할 자격이 없어.

관계를 빌미로 협박하는 건 가장 미성숙하고 비겁한 말에 속한다. 상대방의 진심을 악용하여, 그 태도에 따라 관계의 존속 여부를 결정하려는 자기중심적 통제욕이 포함돼서다. 예컨대 '너 자꾸 이러면 안 놀아준다.'며 으름장 놓는 어린이가 그렇다. 아직 인격이 덜 성숙하여 자신이 유리한 위치라고 판단한 순간 상대방을 내 입맛대로 하려는 것이다. 으휴, 어린이는 귀엽기라도 하지.

예문 "내가 네 기분이 오늘 안 좋았다는 걸 어떻게 아냐고!"

"분위기로 충분히 알 수 있는 거 아냐!?"

"그래서 아까부터 물었잖아! 기분이 안 좋냐고."

"너는… 그래서 안 돼."

이 표현은 갈등 상황에서 등장할 때 그 파괴력이 가장 강력하다. 감정도 충분히 고양이 되어 있을 거고, 서로 서운하거나 화딱지 나는 부분도 양껏 주고받은 상황. 화룡점정의 한마디로 새로운 국면이 열린다. 말하자면 오목이었던 판이 바둑으로 바뀌는 셈.

실물로 봤을 때 더 인상적인 연예인이 있듯, 이 책에서 소개되는 여러 표현 중에서도 글로 읽었을 때보다 실제로 들었을 때의 대미지가 훨씬 큰 것들이 있다. 이 표현이 그렇다. 그것이 개인의 삶이든 대인관계든, 나의 지난 노력이 (심지어 어제까지도 인정받던 부분까지) 한 방에 가치를 잃는 듯한 황망함을 경험하기 때문이다. 사랑하는 사람으로부터 이 말을 들은 사람은 그 상심으로 인해 자동으로 다이어트가 될지도 모른다.

**주의
사항**　피그말리온 vs. 스티그마. 이 두 효과를 살펴보자. 심리학자 클로드 스틸은 '남성이 여성보다 수학을 잘한다.'라는 관념이 사실인지 확인하기 위해 한 가지 실험을 했다. 같은 수의 여학생과 남학생에게 수학 시험을 보게 했다. 난이도가 낮을 때는 남녀 모두 높은 점수를 받았지만 난이도가 높아지자 남성의 점수가 더 높아지는 걸 확인했다. 스틸은 새로운 집단으로 두 번째 실험을 했다. 다만 문제를 풀기 전 다음과 같이 말했다.

"이 테스트는 남성과 여성의 점수가 동일하게 나타나는 경향이 있습니다."

그 결과, 두 번째 실험에서는 남성과 여성의 점수가 유사하게 나왔다. 말 한마디로 특정 집단에 대한 편견을 없앤

차마 두 눈 뜨고 볼 수 없는

것이다.

사람은 자신에게 중요한 타인이 기대하는 대로 행동하는 경향성이 있다. 이처럼 누군가에 대한 기대나 예측이 그 대상에게 그대로 일어나는 현상을 피그말리온 효과라고 한다. 이 효과에 따르면, 내가 상대방에 대한 기대를 저버리지 않는 한, 상대방은 서서히 기대에 부흥하는 사람이 될 것이다.

반대의 개념도 있다. 타인으로부터 부정적인 낙인이 찍히면 점차 나쁜 방향으로 변해가는 스티그마 효과다. '넌 그래서 안 돼.'라는 말은 미운 말 중에서도 가장 진한 낙인을 남기는 말이다. 마찬가지로, 당신의 소중한 상대방은 그 낙인에 준하는 존재로서 보답할 것이다.

참고 좋게 말하면 좋게 변하고 나쁘게 말하면 나쁘게 변한다니, 뻔한 말이라고? 그래, 뻔하다.

그런데 '뻔하다'라는 단어엔 우리가 익히 아는 의미 외에 '어두운 가운데 밝은 빛이 비치어 조금 훤해지다.'라는 뜻도 있다. 이 말도 뻔한가? 당신의 관계가 어떻게 뻔해질 것인가는 그 입에 달려 있다.

좋은 말도 비틀어서 말하면 비아냥으로 들리듯 미운 말도 조금만 신경 쓰면 다르게 전할 수 있다. 예컨대 음식을 흘리고 먹는 것을 보았을 때 "또 흘려?"라는 말 대신 "오늘은 덜 흘렸네."라고 말해보자. 사소한 말투가 '그래서 안 되던' 상대를 변하게 한다. 언젠가 서로에게 이렇게 말하게 될지도 모른다. 그래서 너야.

넌 그래서 안 돼

파괴력: ★★★★☆

지속성: ★★★★☆

습관성: ★★☆☆☆

유의어: #항상그래 #네가그렇지뭐 #개가똥을끊지
#언제까지그럴래 #평생그렇게살아라

차마 두 눈 뜨고 볼 수 없는

온몸의 털이 곤두서는

Chapter 5.

촉각 편

님아, 부디 그 강을 건너지 마오.

이거 하나 지키는 게
그렇게 힘들어?

바라는 거 딱 하나라니까?

경민은 예나 지금이나 열렬한 연애를 한다. 그의 하루는 기상 톡을 보내며 시작된다. "나 일어났어. 좋은 하루!" 출근길에는 "버스 기다리고 있어. 오늘 춥다." 업무 중간중간에도 끊임없이 서로의 안부를 묻고 대화를 한다. 일이 끝나면 "이제 퇴근! 흐아 힘들다. ㅠㅠ"라며 소식을 전한다. 혹여 저녁 약속이 있으면 "동료들이랑 치킨 먹으러 왔어. 총 네 명." 자리를 옮길 때도 잊지 않는다. "얘기가 길어져서 다른 곳에 왔어. 응, 조금만 마시고 들어갈게~"

그렇게 틈틈이 연락을 주고받다가 자리가 모두 끝나면 귀가 상황을 알린다. 집에 도착한 후에도 한 번, 씻고 난 후 한 번, 그리고 잠들기 전에 굿나잇 톡이나 통화를 하며 하루를 마무리한다. 긴

온몸의 털이 곤두서는

시간 변함없는 그의 모습이 참 아름다웠다. 이렇게 부지런한 형태의 사랑도 가능하구나, 생각하며 한없이 게으른 자신을 반성하기도 했다.

어느 날, 그가 5일 정도 부패된 시체의 낯빛을 하고 있었다. 주변을 어슬렁거리다가 대화를 하게 됐다.

"제가 잘못했죠 뭐…."

얼마 전 회식에 참여했던 그가 술에 너무 취해 연락을 제대로 못 했다는 것이다. 자리가 끝날 때쯤 급히 연락했지만, 이미 미사일의 발사 버튼은 눌린 상태. 그녀는 전쟁의 서막을 알렸고 어제의 아군이었던 그는 오늘의 적국이 되어 수많은 포탄을 받아내야 했다. 나는 그게 그렇게 모질게 혼날 일이냐며 편을 들었는데, 그는 오히려 나를 이해할 수 없다는 듯 말했다.

"그거 하나도 못 지키면 어떻게 다른 약속을 지키겠어요."

아니… 너 지금까지 엄청 잘 지켰어! 마치 네 인생을 다 바치는 것처럼 열렬했다고!

입 밖으로 뱉을 수는 없었기에, 힘내라고 위로했다. 그의 주변에 항시 머물던 생기가 사라진 듯했다. 아름다웠던 그의 연애가 조금은 다르게 보였다.

연인은 합의하에 상생의 규칙을 만드는 관계다. 친구 관계보다는 더 신경 써야 하고, 부모 자식 관계에 비해서는 수용의 폭이

양쪽 모두 균형 있게 이뤄져야 한다. 여러 방면에서 다른 관계에 비해 더 섬세해야 한다는 의미다. 이렇게 형성된 규칙들은 서로에게 집중하고 좋은 관계를 유지하는 데에 중요한 역할을 한다.

하지만 안타깝게도 그 규칙들이 항상 잘 지켜지는 건 아니다. 예상치 못한 상황 때문이든 의지가 부족해서든 어기는 일이 발생한다. 이런 상황을 겪으며 서로에 대해 더 깊이 이해하는 관계로 발전하는가 하면, 대처하는 방식에 따라 걷잡을 수 없이 경직되기도 한다.

특히 누군가 잘못에 대한 강한 낙인을 씌울수록 상대방은 이 관계에 대한 주체적 태도를 잃어간다. 규율만 기억할 뿐이다. 혼나지 않기 위한 선택을 하는 아이들처럼.

이거 하나 지키는 게 그렇게 힘들어?

이것도 못 지키니까 문제를 만드는 거야. 네가.

규칙이라는 게 만들수록 만들기가 쉽다. 시간이 지날수록 장점을 찾는 건 어려운데 단점은 그렇게 눈에 잘 보인다. 쌓아놓은 규칙과 널려 있는 단점의 덫 틈에서 개중 하나에 걸려들지 않을 사람은 많지 않다. 결국 규칙을 지키지 못했던 사정을 수용하거나 원

온몸의 털이 곤두서는

활한 대화로 타협해가는 게 지속적인 관계의 숙제이기도 하다.

이런 과정에서 조심해야 할 말은, '항상, 또, 맨날, 늘, 너는 꼭'과 같이 상황의 반복이나 전체를 지칭하는 수식어들이다. 지난 노력을 무효화하고 더 잘하고 싶은 의지에 도끼질을 하기 때문이다. 한 번뿐이었던 기회가 사라진 것 같은 느낌을 준다.

'이거 하나 지키는 게 그렇게 힘들어?'라는 표현은 위 수식어들이 드러나 있지 않을 뿐 그 의미를 동일하게 내포하고 있다. 누구나 할 수 있는 아주 사소하고 기초적인 것조차 지키지 못했기에 다른 것들도 지켜내지 못한 것과 같다는 뉘앙스가 있어서다. 이로써 상대방은 한 번의 잘못으로 관계의 모든 문제에 대한 책임 소재를 지게 된다.

예문　"자기야, 전화를 받든가, 못 받으면 10분 내에 전화나 톡을 하랬잖아."

"얘기가 길어져서 정신이 없었어. 미안…."

"아니, 내가 뭐 많은 거 바라는 거 아니잖아. 이거 하나 지키는 게 그렇게 힘들어?"

이 표현의 핵심은 자기 최면이다. 내가 바랐던 것이 단 하나의 아주 쉽고 단순한 규칙이라고 생각하는 것. 최면 지수가 높을수록 아이러니하게도 상대방은 그 미로에서 나

오지 못하게 된다. 어? 그러게 내가 왜 이 쉬운 것도 하나
못 지키지? 이러고도 사람인가?

**주의
사항**

말은 바로 하자. 바라던 거 하나 아니잖아. 이미 수많은
것들이 지켜졌고 그중 가장 거슬리는 걸 꼬집는 거잖아.
이게 잘 지켜지면 다른 규칙으로 또 그럴 거잖아. 상대방
이 모를 거라고 생각하는 건 아니겠지?

참고

억압과 억제의 차이. 정신분석학의 주요 이론인 방어기
제에는 '억압'과 '억제'라는 개념이 있다. 둘은 글자의 모
양처럼 의미 역시 비슷한 듯 다르다. '억압'은 자신의 불
쾌한 경험이나 받아들여지기 어려운 욕구, 반사회적인
충동 등을 무의식적으로 억누르는 것이다.

무의식 수준에서 일어난다는 것이 억압의 키워드라면,
'억제'는 이 과정이 의식적, 주체적으로 일어난다는 점에
서 차이가 있다. 때문에 억압은 건강하지 못한, 억제는 건
강한 방어기제로 구분된다.

영화 〈타이타닉〉에는 두 개념의 차이를 비교할 수 있는
인물이 등장한다. 우아하게 배에 오른 '로즈'는 당시 귀족
들의 전형적인 모습을 갖고 있다. 무시당하거나 품위가
상하는 것을 원치 않는다. 마치 '꺼지면 모든 게 끝나는

온몸의 털이 곤두서는

단 하나의 촛대'를 들고 있는 것처럼 그 행동이 규율 범위를 벗어나지 않았다.

그녀는 우연히 마주친 '잭 도슨'을 통해 새로운 시각을 갖게 되고, 허리를 꼿꼿이 세운 채 귀족의 품행을 배우고 있는 소녀를 보며 자신이 지나온 시간의 실체를 깨닫게 된다. 우아한 손동작, 엄격한 예비 신랑, 더 높은 귀족의 끈을 붙잡으려는 엄마, 그리고 자신을 바라보는 주위의 수많은 시선 속에서, 자신이 진짜 원하던 것들을 모두 억압하고 있었다는 것을.

잭은 운 좋게 타이타닉의 티켓을 얻게 된 떠돌이 화가다. 그가 가진 행태의 전반은 억제다. 그는 스스로 납득할 수 없는 행동을 하지 않는다. 예컨대 로즈의 지인들은 잭을 무례하게 대하지만 그는 똑같은 무례를 범하지 않았다. 상대가 귀족이기 때문에 굽실거린 게 아니라 잭이 그들을 잘 알고 있었기 때문이다. 그가 그려온 그림에는 당시 귀족들이 가진 위기감과 나약한 내면에 대한 이해가 묻어 있었다.

하루는 로즈와의 저녁 만찬에서 그녀의 약혼남이 잭에게 시비를 건다.

"정처 없이 떠도는 방랑자 생활이 마음에 드나요?"

당시 그가 뱉은 방랑자의 의미는 집을 가질 여력조차 없는 최하층민에 대한 발언이었다. 기분 나빠서 주먹부터 올라가기 딱 좋지만 잭은 어깨를 한두 번 으쓱거리고는 말했다.

"네, 그렇습니다. 전 지금 제게 필요한 건 다 있거든요. 내 폐를 채울 공기와 종이 몇 장이면 되죠. 더 행복한 건 하루하루가 예측할 수 없다는 거예요. 아침에 일어나면 어떠한 일이 생길지 모르고, 누구를 만나게 될지, 어딜 가게 될지도 모르죠. 특히 어젯밤에는 선교 밑에서 잠을 잤는데, 지금은 세계 초일류 배에서 멋진 여러분들과 샴페인을 들고 있잖아요? 인생은 축복과 같은 선물이에요. 전 그런 인생을 낭비하지 않을 작정입니다. 매 순간을 소중히 해야죠."

잭의 행동은 자연스럽다. 자신이 겪은 일과 실제로 느끼는 생각들을 부끄럽다고 생각하지 않아서다. 스스로 충분히 고민하고 선택했던 시간이 있었기에 그런 잭이 존재하게 됐다.

억제는 스스로 해야 할 것과 하지 말아야 할 것을 구분하는 주체적 시각을 갖는 것이다. 억압의 삶을 살았던 로즈는 잭을 만나면서 억제의 의미를 알게 되었다.

이제 나의 관계를 살펴볼 차례. 내가 어떻게 대하는가에

온몸의 털이 곤두서는

따라 상대방의 삶도 달라질 수 있다. 잭처럼 건강한 억제의 삶을 살던 이도 나로 인해 로즈의 억압에 갇힐 수 있다. 절대적 금기, 단 한 번의 기회, 이런 것들은 로즈가 귀족의 삶에서 전형적으로 겪던 일들이다.

상대방을 관계의 틀로 억압할지, 아니면 스스로 억제할 수 있는 틈을 만들지는, 나에게 달려 있다.

이거 하나 지키는 게 그렇게 힘들어?

파괴력: ★★★★☆
지속성: ★★★☆☆
억압력: ★★★★★

유의어: #어려운거아니잖아 #그거하지말랬지 #몇번을말해
연관어: #내말무시해?

네가 해준 게 뭐가 있어

다른 사람들은…

배우 지망생인 지인의 데뷔작을 흥미롭게 본 적이 있다. 한 치수 커
보이는 청재킷과 청바지를 입고는 철창 안에서 온갖 폼을 잡고 앉
아 있다. 아버지가 면회를 와서 왜 그랬느냐고 무슨 말이라도 좀 해
보라고 한다. 이 청년, 미간을 잔뜩 모으곤 우주의 고민거리를 다
떠안은 것 같은 표정으로 침묵의 메서드 연기를 펼친다. 애가 타
던 아버지가 미안하다며 엉거주춤 돌아서는 순간, 청재킷 청년이
벌떡 일어서며 소리친다. "아버지가 나한테 해준 게 뭐가 있어요!
네!?" 그의 한 줄 대사가 끝났다. 멋진 연기였다.

　그가 왜 저렇게 화가 났었는지는 까먹었지만, 나 역시 부모님
앞에서 그 청년이 되었던 기억은 남아 있다. 청청을 맞춰 입을 정

온몸의 털이 곤두서는

도로 용기가 있었던 건 아니고, 구치소에 간 것도 아니다. 단지 그의 대사를 더 독하고 못되게 뱉었던 기억이다. 사춘기였고 지나치는 타인의 사소한 눈빛에도 의미를 담던 시기였다. 나의 때 아닌 급발진에 부모님께서는 별말씀을 하지 않으셨다. 그 반응에 힘을 입어서였는지 더 크게 화를 냈다.

가까운 이에게 바라는 바를 청하는 건 자연스러운 일이다. 바라던 것이 돌아오지 않을 때 느끼는 서운함도 마찬가지다. 예컨대 애인이 기념일에 아무것도 주지 않을 때, 친구들은 한 계절에도 몇 번씩 떠나는 여행을 우리는 간 적이 없다는 걸 깨달을 때, 나보다 다른 이들과 보내는 시간이 더 많을 때, 날 바라보는 눈빛에 예전만큼의 애절함이 없다고 느껴질 때, 그렇게 모든 것에 무뎌지는 이 관계를 바라보면서, 누구나 서운함을 느낄 수 있다. 그리고 이러한 감정은 적당한 용어로 상대방에게 전달하거나 내 안에서 나름의 소화기관을 거쳐 다스리게 된다.

문제는 그것들이 쌓이고 쌓이다가 갈등의 클라이맥스를 장식하는 순간이다. 여러 표현이 있겠지만 가장 독한 방법은 역시나 한방에 싸잡아서 말하는 방법일 것이다. 그래서인지 대뜸 '지금까지 해준 게 없다.'라는 식으로 말하는 사태가 발생한다. 실제로 해준 게 없어가 아닌, 지금 느끼는 서운함이 그만큼 크다는 의미일 것이다.

네가 해준 게 뭐 있어? → 너는 내가 원하는 것들에 무심해. 큰 걸 바란 게 아니야. 조금만 신경 쓰면 보이는 사소한 것들이란 말이야.

위의 내용에 공감을 하고 있다면 이 표현을 잘못 이해하고 있는 셈이다. 상대방에겐 전혀 다른 소리로 들리기 때문이다.

네가 해준 게 뭐 있어?

네가 지금까지 한 노력은 사실상 별 의미가 없어. 다른 사람에 비하면.

한 사람의 노력만으론 관계가 지속될 수 없다. 첫 만남부터 각자의 노력은 시작되었다. 상대방을 위해 사회성을 갖추며 존대를 한다. 점차 가까워지면서 그것은 더 세분화된다. 서로 다른 부분들이 서서히 드러나고, 각자의 관점에서 이해하고 수용하는 시간이 이어진다. 미리 도착해서 설레는 마음으로 상대방을 기다리기도 하고, 그녀를 위해 담배를 끊고 술을 줄인다. 그를 위해 친구들과의 만남을 줄인다. 우리를 위해 사고 싶은 걸 참고 하나의 선택에 집중한다. 끓는 화를 참는다. 상대의 불쾌한 기분을 풀기 위해 애쓴다. 예전엔 절대 할 것 같지 않았던 행동들을 하기도 한다.

온몸의 털이 곤두서는

그 과정에서 개인으로 존재했을 때의 내 모습 일부가 사라진다. 그 것을 개의치 않는, 이 모든 시간으로 현재에 도달하게 된다. 지금 도 그 시간의 흐름에 속해 있다.

내 입장에선 당연한 일들이 성취되지 않아 서운함을 전하는 의도로 위와 같은 말을 했겠지만, 상대방에겐 그저 지난 모든 노력 이 물거품처럼 사라지는 말일뿐이다. 공들여 쌓은 탑이 (갑자기 무 너지기는커녕) 송두리째 사라져버린다면, 느낄 수 있는 감정은 그야 말로 허탈함이다. 그 상황에서 '아~ 내가 저 부분의 기둥을 저렇게 놓았어야 했구나.'라고 돌아볼 수 있는 사람은 없다.

예문 "네가 해준 게 뭐가 있어?"

"내가 한 게 없다고…?"

"그래! 맨날 데이트 비용도 내가 내고 갈 곳도 내가 정하고, 어제는 심지어 3주년이었는데 말 안 했더니 모르고 지나갔잖아!"

"너… 친구들이랑 약속 있었잖아."

"됐어! 네가 어차피 아무것도 안 하니까 그런 거야. 친구들이 뭐래 는 줄 알아? 내가 불쌍하단다."

연구에 따르면 가까운 사람의 남편이 자신의 남편보다 소득이 더 높은 여성은 그렇지 않은 경우에 비해 취업할 확률이 20퍼센트 더 높다고 한다. 또한 미국의 경제학자

찰스 킨들버거는 말했다. 친구가 부자가 되는 것만큼 한 사람의 복지와 판단에 혼란을 주는 일은 없다고.

연구의 결과처럼, 이 표현은 비교되는 대상이 존재할 때 쉽게 등장한다. 특히 그 대상이 내 주변인과 연관되어 있을수록 말하게 될 확률이 증가하는데, 무의식적으로 자신도 동일한 경험을 해야 한다고 생각되기 때문이다.

주의 사항

'레밍'은 스칸나비아 반도에 사는 설치류의 일종으로 번식력이 매우 좋다. 급격히 늘어난 개체 수를 감당할 수 없게 되면 거주지를 다른 지역으로 옮기는데, 직선으로 앞의 개체만 따라가며 일렬로 이동을 한다. 그 과정에서 한 개체가 길을 잘못 들면 뒤따르던 집단 전체가 호수나 바다에 빠져 죽기도 한다. '레밍 효과The Lemming Effect'는 이처럼 누군가의 행태를 쉽게 따르거나 영향을 받는 집단 편승 효과를 일컫는다.

관계 속에서 일어나는 역학은 두 사람만의 이야기, 일명 케바케다. 위 예문에 등장한 커플을 보면 마치 여자는 관계에 대한 별다른 노력을 안 하고, 남자가 그녀를 탓하는 것 같지만 실상은 전혀 다를 수 있다.

여자는 항상 남자가 원하는 선택을 따르기 위해 배려했고 3주년 역시 자신은 하고 싶은 것이 있었지만 그의 선

온몸의 털이 곤두서는

약을 위해 양보한 것이었다. 국가고시를 준비 중이기에 주머니 사정이 넉넉지 않았고, 때문에 먼저 만나자는 말도 선뜻하지 못했다. 데이트 비용을 지불하는 남자에게 고맙고 미안한 마음을 갖고 있다. 그녀의 꿈은 시험에 합격하여 남자가 바라는 것들을 원 없이 선물하는 것이다. 따라서 자신의 도전에 허투루 임할 수 없다.

남자는 친구들과의 대화 후 그들의 시선으로 여자 친구를 바라봤다. 남자 친구를 위한 그녀의 섬세한 노력이 바로 옆에 있는데도 앞의 레밍을 따라 바다로 뛰어든 것이다.

참고 | 삶의 복잡했던 실타래가 얼추 풀리던, 서른 즈음이었나. 부모님께 말씀드렸다. 어린 시절의 못난 나를 견뎌주셔서 감사하다고. 엄마, 아빠 같은 사람을 부모님으로 만나서 이렇게 잘 자랐다고.

진심이었다. 나는 받은 게 참 많다. 엄마는 눈물을 흘리셨다. 긴 시간 몰래 흘리셨을 그 간절함에 가슴이 미어졌다. 바라는 것만 늘어놓던 그 시절로 돌아가 입을 때리고 싶더라. 더 감사하며 살아야겠더라.

감사하는 삶을 사는 건 생각보다 어렵지만, 지금 내 앞에 있는 상대에게 고맙다고 말하는 일은 그리 어려운 게 아니다. 하지 말라는 짓만 하는 상대방이 꼴도 보기 싫을 때, 성난 눈썹 아래에서 입만 웃으며 어렵사리 말하라는 게 아니다. 그저 그런 순간이 소강되거나, 그냥 내 눈에 상대방의 눈빛이 들어올 때, 헛기침하듯 슥- 말해보자. 고맙다고.

결국 그런 순간이 모여 감사하는 삶이 되는 거니까.

네가 해준 게 뭐 있어?

....

파괴력: ★★★★☆

지속성: ★★★★★

신랄함: ★★★★☆

유의어: #꼴랑 #그깟 #남들은 #능력없어

연관어: #넌그래서안돼 #지나가는사람잡고물어봐

온몸의 털이 곤두서는

맘대로 해

상관없으니까

뭐 하나 맘에 드는 게 없다고 꼬집거나 너나 잘하라며 성질을 박박 긁다 보면, 정말이지 입을 떼고 싶지 않은 지경에 이르곤 한다. 아무리 한쪽에서 좋은 태도로 상황을 정리하려 해도 다른 쪽의 눈이 멀어 있다면 화합에 대한 기대감은 더욱 줄어든다. 각자 감정을 가라앉힌 후 천천히 생각을 해보고 다시 대화하는 게 좋다는 걸 알고 있지만, 막상 실전에 놓이면 어디서 늘리고 줄이고 멈출지 판단하기 어려워 비슷한 대화가 계속 맴돌 뿐이다. 그러다 참다못한 쪽이 이내 한마디 뱉는다.

"맘대로 해."

Chapter 5. 촉각 편

맘대로 (생각)해

이로써 네가 어떤 짓을 해도 상관없어졌어.

예문 "왜 대답을 하다 말아? 기분 나빠?"

"아니, 미안하다니까. 같은 말을 몇 번을 하는 거야."

"뭐야? 왜 네가 화를 내? 이럴 거야?"

"하… 맘대로 해."

이 말을 뱉은 사람이 되어 보자. 나는 당연히 진심이 아니었다. 오히려 상대방의 인격에 기대는 어리광에 가깝다. "더 이상 갈등을 지속할 만한 동기나 에너지가 남아 있지 않으니 당신이 좀 알아서 수습해주세요. 화가 났다면 스스로를 달래고, 그 뒤에 내 화도 좀 식혀주겠어요? 나를 용서할 수 없는 일이 있다면 어렵겠지만 눈 감아 주세요. 나를 그만 만나고 싶다면, 꼭 다시 생각해보세요."라고 말이다. 정말 어떻게 되든 상관없던 것이 아니다.

문제는 상대방에게 그 의미가 액면 그대로 전달된다는 것이다. 인격이 훌륭한 (아마도 소수의) 사람들은 이 말을 듣고 내가 기대하는 바대로 화를 식히고 사랑하는 나를

온몸의 털이 곤두서는

용서하기 위해 노력하고 영겁을 함께 할 우리를 옹졸하게 바라봤던 자신까지 반성할지도 모른다. 그러나 대부분의 일반인은 이 말을 듣고 오히려 분노의 크기를 키울 확률이 높다. 평소엔 하지 않았을 행동을 하거나 나중엔 후회할 선택까지 염두에 둔다. 그렇게 스스로도 원치 않는, 상대방 입장에서는 억장이 무너지는 상황을 만들어버릴지도 모른다. 단지 그 말이 얼마나 위험했던 것인지 증명하기 위해서 말이다. 다툼의 끝에서 전혀 다른 어둠의 던전이 열리게 된다.

"너 이게 뭐하는 짓이야? 미쳤어?"
"뭐가. 맘대로 하라며."

좀 못났나? 기껏 말 한마디에 그런 우를 범하는 사람이라면 만나고 싶지 않다고 생각하고 있을지도 모르겠다. 하지만 조금 더 생각해봤으면 한다. 누구나 극단의 상황에 몰리면 평소와 다른 말과 행동을 할 수 있다. 나의 말로 인해 상대방은 기존의 질서 체계가 무너지는 경험을 했을 수 있다. 고로 그런 말을 뱉은 나도 딱히 훌륭한 인격은 아니다. 한 번의 갈등을 무질서의 세계로 연결시키지 않으려는 주의가 필요하다. 우리는 공존을 위해 사회적인 약속과 신뢰 속에서 살고 있는 게 아니던가.

참고 I   홧김에 뱉을 수도 있고, 순간적으로 정말 어떻게 되든 상
관없다는 생각이 들 수도 있겠다. 하지만 지금의 이 지독
한 대화보다 상황을 더 악화시킬 게 아닌 이상, 손을 놓아
버리는 식의 반응은 별 도움이 되지 않는다. 이 표현의 가
장 위험한 요소는 상대방에 대한 포기 선언을 하며 주체
적인 탈선의 동기를 만드는 것이다. 차라리 내 상태에 집
중하는 표현을 사용하는 건 어떨까. 예컨대 "지금은 정상
적으로 대화할 수 없어."라거나 "오늘은 더 이상 말하고
싶지 않아."라고 말하는 것이다.

참고 II   스위스 제네바대학 연구팀은 커플의 갈등에서 중재자의
역할을 알아보기 위한 실험을 했다. 연구팀은 커플이 다
툴 만한 주제로 대화를 이끌었다. 이중 절반은 갈등이 발
생한 후 중재자가 적극적으로 행동했고, 나머지 반은 중
재자가 소극적으로 대처했다. 그 결과, 중재자가 적극적
이었던 그룹이 그렇지 않았던 그룹보다 서로에 대한 불
만이나 의견 차이가 적었다. 이들의 뇌파를 촬영한 결과,
적극적 중재 그룹은 도파민 분비와 관련된 신경회로가
활성화되었는데, 연구팀은 이것이 갈등 해결에 도움을

온몸의 털이 곤두서는

줬다고 분석했다.

갈등이 극에 달해 더 이상 할 말이 없거나 잘 해결되지 않는다고 느껴질 때는 다른 커플이나 효과적인 중재자와 함께 시간을 보내보는 것도 하나의 방법이 될 수 있다. 서로의 입장을 공감하거나 대변할 수 있는 사람들과 함께 대화를 하다 보면 단단하게 묶여 있던 문제가 의외로 손쉽게 풀리기도 한다.

맘대로 해

....

파괴력: ★★★☆☆
지속성: ★★☆☆☆
파생력: ★★★★★

유의어: #맘대로생각해 #어쩌라고 #꺼져 #내알바아니야
대체어: #지금은대화하고싶지않아

이 말까진 안 하려고 했는데

각오해

어떤 말을 하지 말아야겠다고 판단하는 이유는 여러 가지가 있다. 예컨대 뭔가 자랑하고 싶던 걸 참고 참다가 적절한 타이밍에 못 이기는 척 꺼낼 때도 '하지 않으려던 말'로 표현될 수 있다. 이런 경우 '이 말을 하려고 얼마나 기회를 노렸는데.' 정도의 나름 귀여운 속내가 내포되었다고 볼 수 있겠다.

"거짓말 마. 이걸 어떻게 혼자 다 해."

"내가 다 했다니까."

"헐… 진짜? 대박인데?"

"이런 말까진 안 하려고 했는데… 나 좀 소질 있는 듯?"

혹은 조심스러운 누군가에게 반드시 전해야 하는 사실이 있거나 의견을 꺼내야 할 때 '송구스럽다'는 의미를 대체하여 사용되기도 한다.

"그 녀석이 그럴 리가 없는데."

"회장님, 이런 말씀까진 드리지 않으려 했는데…."

"괜찮으니 얘기해보게."

"이번이 처음이 아닙니다. 이미 여러 번 제 선에서 상황을 수습했었습니다."

위의 경우들에는 그 용도에 별 문제가 없다. 사실 '이 말까진 안 하려고 했다.'라는 표현 자체에는 나쁜 의미가 담겨 있지 않다. 하지만 갈등 상황에서 사용한다면 얘기가 달라진다. 뱉는 순간 이미 파국의 신발장까지는 들어갔다고 볼 수 있다. 이어질 내용이 지옥의 숨결 수준의 악담일 확률이 높기 때문이다.

"이런 말까진 안 하려고 했는데, 사람들이 너 한심하다 못해 불쌍하대."

상대를 배려하여 혹은 원활한 관계를 위해 우리는 할 말과 못할 말을 구분하고 산다. 이중 '못할 말'의 경우 상대의 치부나 우리의 떠올리고 싶지 않은 기억 등 소위 판을 한 방에 끝장낼 수 있는 위험한 말일 때가 많다.

이 말까진 안 하려고 했는데

❶ 네가 나를 여기까지 데리고 왔어. (네 잘못 맞지?)
❷ 그러니 이걸 듣고도 제정신으로 버티나 보겠어.

이 표현은 기본적으로 방아쇠의 주체를 상대방에게 넘기는 심리가 깔려 있다. 따라서 이어질 내용이 어떤 타격을 줄지 알고 있음에도 어쩔 수 없다는 심보로 강행한다. 갈등 상황을 해결하기 위해 상대의 고통이나 상처를 우선순위에서 배제하겠다고 결심하는 것이다. 좀 의아하지 않은가. 다치는 건 저쪽인데, 배제는 내가 한다는 것이.

예문   "너 그런 식으로 말할 때 진짜 별로야."

"먼저 시비 건 거는 생각 안 해? 그리고 너도 진짜 별로거든?"

"어떻게 그딴 식으로 말해? 이 정도밖에 안 되는 인간이었어?"

"이제 알았어? 진짜 이 말까진 안 하려고 했는데."

연인 간 갈등에서 이 표현을 사용하는 이들은 자신이 하게 될 말에 큰 영향력이 있을 거라는 기대를 갖는 경우가 많다. 때문에 듣는 입장에선 (그 간악한 의도가 괘씸해서라도) 내용의 실효성에 비해 더 쉽게 분노에 휩싸인다. 심지

온몸의 털이 곤두서는

어 별 시답잖은 말들도 이 표현 후에 이어지면 속을 긁는 철 갈퀴로 바뀌곤 한다. 정말이지 영양가라곤 없이 상대의 분노만 키우는 말이다.

이 대화의 뒷내용은 각자의 상상으로 이어보자.

**심화
과정**

"야, 됐고. 아 진짜. 내가 이 말까지는 안 하려고 했는데… 에휴, 아니다."

"뭐 어쩌라고. 말해."

"이걸 네가 듣게 되면 어떤 일이 일어날지 상상도 못 하겠다. 네 인생 자체가 송두리째 바뀔 수도 있어."

"웃기고 자빠졌네. 하라니까?"

"난 분명 말하지 않으려고 했다. 네가 자초한 일이야."

한 발 더 나아가, '하지 않으려던 말'조차 그것을 뱉기 전까지 방어수단으로 활용하는 사람도 있다. 그에 대한 홍보를 기가 막히게 하면서 나름의 엄포를 놓기도, 상황의 우위를 점하려는 시도를 하기도 한다.

말할 의도가 없다는 핑계로 마지막 한 방울까지 활용하며 버티다가 '자신은 말하지 않으려 노력했다'며 그 책임까지 전가시키는 살뜰함을 보여준다. 까놓은 내용을 듣고는 과대광고의 허무함에 헛웃음을 짓게 될지, 실제로 커다란 충격을 받게 될지 모르나, 확실한 게 한 가지 있다. 더 이상의 온전한 대화는 힘들 거라는 점.

참고   앞서 언급했듯 이 단원의 표현은 시한폭탄의 심지 같은 역할을 한다. 하지만 한편으로는 내가 하려는 말의 결과를 미리 확인할 수 있는 장치이기도 하다. 그 시점이 폭발을 감지하고 멈출 수 있는 유일한 순간이다. 말하지 않아야겠다고 생각하던 평상시의 당신이 더 현명하다. 하지 않으려 했다면 하지 말자.

이 말까진 안 하려고 했는데

파괴력: ★★★★☆
지속성: ★★★★★
대재앙: ★★★★★

유의어: #네가초래한거야 #까불지마

온몸의 털이 곤두서는

널 ○○로 생각한 적 없어

너의 의미

처음 만난 날에 대한 얘기부터 시작할까 한다.

그녀는 더러 커 보이는 모자를 눌러쓴 채 이어폰으로 뭔가 듣고 있었다. 밖으로 묶여 있는 갈색 머리가 햇살에 투명하게 빛나며 검은 모자와 대비됐다. 이따금 버스가 오는지 보기 위해 고개를 들었는데, 모자챙 아래로 금방이라도 웃을 것 같은 입매와 호기심 가득해 보이는 눈이 연달아 모습을 드러냈다가 사라졌다. 한참을 힐끔거린 것 같다. 첫눈에 반했지 싶다.

그녀가 버스에 타기 위해 일어났다. 앉았던 자리에 작은 종이백이 그대로 놓여 있다. 얘기해줄까. 오지랖인가. 너무 오래 고민한 걸까. 그녀는 이미 버스 안에서 앉고 있었다. 나는 종이백을 주은 뒤 막 출발하려는 버스를 붙잡았다. 그녀 근처로 가서 한참을 서성거렸다. 먼저 발견해주길 바랐지만 그녀는 내 손에 들려 있는 걸 눈치채지 못하는 듯했다. 결국 어쩔 수없이 말을 걸고야 말았다.

"어, 이거… 놓고 가셨어요."

그녀는 당황한 표정으로 나와 그것을 번갈아 바라보고는 말했다.

"제 거 아닌데…."

우리의 인연은 그렇게, 예정에 없던 버스에서 낯선 동네를 향하며 시작되었다. 어디서 그런 용기가 난 건지 버스에서 내린 후에도 많은 대화를 나누었다.

"정말요? 장교라고 하기엔 너무 동안이신데."

"에이, 하하. 괜히 그런 말씀 마세요."

"진짜예요. 20대라고 해도 믿겠어요."

"저 26살인데…."

"아…."

시작은 좀 이상했지만, 우리는 빠르게 가까워졌다. 하루가 멀다 하고 서로를 보지 못해 몸부림쳤고, 퇴근 시간의 꽉 막힌 교통 체증조차 아름답게 보이는 날들이 이어졌다. 26살 무렵에서야 말로만 듣던 사랑에 빠졌다.

3년의 연애 후 우리는 결혼을 약속했다. 나는 일몰이 보이는

온몸의 털이 곤두서는

서해의 어느 언덕 위에서 청혼을 했고, 그녀는 맺히는 눈물을 그대로 떨구며 받아주었다. 아, 정말 행복했다. 그 문제를 마주치기 전까지는.

"오빠, 일단 오늘은 돌아가는 게 낫겠어. 내가 잘 얘기해볼게."

결혼 반대를 실제로 받아들이는 건 생각보다 어려운 일이었다. 직업 군인이라는 사실이 결격 사유가 된 것도 내심 서러웠다. 친구들은 그녀의 부모님을 직접 만나서 설득해보라고 했다. 말이야 쉽지. 애초에 만나 주지를 않으시는데 뭘 어쩌란 말인가.

그리고 현재다.

그녀의 부모님으로부터 인정받기 위해 4년의 시간이 더 흘렀다. 그 사이 나는 전역을 했고, 서른이 됐다. 포기한 꿈이었던 회계사가 되기 위해 영혼을 송두리째 갈아 넣는 시간을 보냈다. 두 번의 낙방과 두 번의 통곡 그리고 한 번의 이별 위기가 있었다.

하지만 우리는 힘든 시간을 잘 견뎌냈다. 아니 나보다는 그녀가 이런 나를 믿고 기다려줬다. 합격 소식을 안고 그녀의 집으로 향하는 이 기분을 세상 그 누가 알까. 빠르게 걷고 있는데도 발이 헛도는 것처럼 마음이 급하다. 드디어 그녀와 결혼을 한다니…. 그런데 자꾸 누군가 나의 등짝을 때리는 것 같다. 무시하기엔 큰 충격이었던 그것은 점차 더 또렷해지며 실제 고통으로 변한다. 주변의 공기가 빠르게 바뀐다.

"일어나! 밥 먹어."

나를 흔들어 깨우는 엄마의 성난 얼굴이 눈에 들어온다. 이 모든 게 꿈이었다니. 믿을 수가 없다. 아직도 이렇게 그녀의 온기가 느껴지는데….

허무한가. 나도 그렇다. 이 단원을 위해 만들어낸 얘기인데도 식다 못해 죽어 있던 연애세포가 깨어나는 것 같고, 반대하는 부모들도 믿고 막 그러더라. 난데없이 이런 글을 적은 이유는 '내가 존재했던 의미'가 사라지는 순간의 허망함을 전하기 위해서다.

널 ○○로 생각한 적 없어
나에게 너의 의미는 존재한 적 없어

우리는 가까운 관계일수록 더 의지하고, 더 서운해하며, 더 많이 다투고 상처 받는다. 이유는 간단하다. 서로가 의미 있는 존재이기 때문이다. 극단적인 예로, 길에서 우연히 마주친 사람의 욕설을 듣게 되면 황당하고 화날 수 있겠지만 그 욕쟁이 녀석이 내 인생에 미칠 수 있는 영향력은 기상청 예보에 엇갈린 소나기 수준으로 미미하다. 반면에 사랑하는 애인이 그 욕쟁이 사건에 공감해

온몸의 털이 곤두서는

주지 않는다거나 오히려 '무슨 일이 있었겠지.'라며 두둔하면 소나기였던 그것이 장마로 바뀌기도 한다.

인간은 살면서 겪는 현상들을 해석하고 그것에 의미를 부여하는 존재다. '의미화'는 인간을 다른 종의 동물과 구분시켜 주는 중요한 단서다. 좋아하는 사람들과 맛있는 걸 먹으며 즐거운 시간을 보내거나 홀로 평온한 휴식을 취하는 것 등 일상의 만족감만으로는 인간이 살아가는 이유를 모두 설명할 수 없다. 우리는 이 같은 '주관적 안녕감Subjective well-being' 외에, 내가 존재하는 의미 가치를 체감하는 '심리적 안녕감Psychologicl well-being'이 균형을 이룰 때 삶에 대한 전체적인 행복감이 충족된다.

나의 존재 의미에 영향을 주는 요소는 여러 가지가 있다. 개인적인 목표와 실현 등 스스로의 판단이 가장 중요할 것이고, 직업이나 사회적 위치, 상사나 동료의 평가, 부모님의 인정, 친구의 진심, 심지어 병든 지구를 위한 몇 가지 사소한 습관들까지도 나의 의미를 결정하는 역할을 한다.

하지만 그것이 무엇보다 많은 변화를 겪으며 한 곳으로 집중되는 시기는 사랑하는 사람이 생겼을 때다. 설익은 형태로 타인에게 모여든 그것은 상대방의 말 한마디에 울고 웃으며 점차 자리를 잡아간다. 그렇게 내가 존재하는 의미는 다른 존재와 세포 단위로 결속된다. 그/그녀의 존재 이유와 내가 존재하는 이유가 같아지는 셈이다.

따라서 '널 무언가로 생각한 적 없다'는 표현은 무척 잔혹하다. 앞에서 다루었던 '네가 해준 게 뭐가 있어.'가 이 관계 속에서 상대방이 했던 행위들의 가치를 낮추는 말이라면, 이 표현은 지나온 시간을 완전히 왜곡시키고 상대방의 존재 의미를 다발째 뽑아버리는 말이다.

행여 현재 관계가 지속되지 못하고 끝난다고 하더라도 지나온 시간과 당시의 사건들은 모두 존재한다. 지금은 이 사람이 죽도록 밉더라도 타임머신을 타고 과거의 어떤 순간으로 돌아간다면 세상 행복한 얼굴로 그를 바라보고 있을 것이기 때문이다. 결국 지금의 나는 당시의 시간들과 그대로 연결되어 있다. 따라서 현재의 시각으로 그것들을 다르게 평가한다면 상대방은 물론 나의 진심 어린 시간들까지 짓밟게 된다. 홧김에, 혹은 내가 느낀 실망감을 전하기 위해 이 표현을 사용하는 경우가 있는데, 안타깝게도 그 효과는 위에 설명한 바와 다르지 않다. 누군가의 존재 의미를 파괴하는 것.

예문 "어떻게 그딴 식으로 말해? 그 정도밖에 안 되는 인간이었어?"

"이제 알았어? 이 말까진 안 하려고 했는데, 사실 너를 진심으로 생각한 적 없어."

"그게 무슨 말이야? 그럼 난 3년 동안 혼자 연애한 거야?"

온몸의 털이 곤두서는

"어, 잘 아네. 너랑 만나면서 행복했던 적 없어."

생각한 적 없는 그 존재에 중요한 의미가 들어갈수록 상대방이 받게 될 충격의 크기는 커진다. 다루고 있는 관계가 깊을수록 상대방이 상실하게 될 의미는 많아진다.

1. "널 친구로 생각한 적 없어."
2. "널 여자/남자로 생각한 적 없어."
3. "너를 사랑한 적 없어."

앞 단원의 '이 말까진 안 하려고 했는데.'에 이어 붙이기에 이만큼 차진 말이 또 있을까 싶다. 그만큼 이 말의 파괴력은 어마무시하다.

**주의
사항**　헤어지는 마당에 이딴 거 따질 겨를이 어디 있느냐고 생각할지도 모른다. 한데 타인의 소중한 의미들을 가볍게 다루는 사람은 자신에게도 딱히 중요한 의미를 부여하지 않는 태도를 가진 경우가 많다. 남들은 발 동동 구르는 일도 쉽게 버리거나 포기하며 그들을 애석하다는 듯 바라본다. 계속 그렇게 살 거라면 그 역시 삶의 방식이니 말릴 생각은 없다. 다만 그 모든 냉소는 내가 정말 포기할 수 없는 가장 중요한 의미를 지킬 때도 그대로 적용된다. 그것이 위기를 맞을 때도 쿨하게 미소 지을 수 있을지 생각해봤으면.

참고   어디선가 한번쯤 보았겠지만, 김춘수의 시 「꽃」을 천천히 읽어봤으면 한다.

내가 그의 이름을 불러주기 전에는 / 그는 다만 / 하나의 몸짓에 지나지 않았다. / 내가 그의 이름을 불러 주었을 때 / 그는 나에게로 와서 / 꽃이 되었다.
(중략)
우리들은 모두 / 무엇이 되고 싶다. / 너는 나에게 나는 너에게 / 잊혀지지 않는 하나의 눈짓이 되고 싶다.

하나의 몸짓에 지나지 않았던 우리가 서로의 이름을 부르면서 사랑하는, 사랑받는 존재가 되었다. 달리 말하면, 내가 먼저 불렀을 뿐 그 이름은 내 것이 아니다. 고로 그 의미를 회수할 자격도, 꽃을 꺾을 권리도 내게는 없다. 그것은 나를 만나기 이전에 이미 피어 있었고, 지금도 그렇다.

온몸의 털이 곤두서는

널 ○○로 생각한 적 없어

파괴력: ★★★★★
지속성: ★★★★★
잔혹함: ★★★★★

죽여버릴 거야

말 그대로

바람이 강하게 불던 어느 저녁, 폐선廢船 그늘에서 침낭을 뒤집어쓰고 눈물을 흘리고 있는데, 젊은 어부가 다가와서 내게 담배를 권했다. 나는 십수 개월 만에 담배를 피웠다. 왜 울고 있느냐고 그가 내게 물었다. 어머니가 죽었기 때문이라고 나는 거의 반사적으로 거짓말을 했다. 그는 진심으로 동정해주었다. 그리고 집에서 술 한 병과 컵 두 개를 가져왔다.

바람이 휘몰아치는 모래밭에서 우리는 둘이 술을 마셨다.

자신도 열여섯 살 때 모친을 잃었다고 어부는 말했다. 그다지 몸이 건강하지 못하면서도 자기 어머니는 이른 아침부터 저녁 늦게까지 일만 하다가, 결국엔 몸을 잔뜩 망가뜨린 채 세상을 떴다고.

나는 술을 마시면서 멍하니 그의 이야기를 들었고, 적당히 맞장구를 쳤

온몸의 털이 곤두서는

다. 그것은 아주 먼 세계의 이야기처럼 내게 느껴졌다. 그게 도대체 어쨌다는 말인가, 하고 나는 생각했다. 그러면서 갑자기 그 사내의 목을 졸라버리고 싶은 격한 분노에 사로잡혔다. 네 어머니가 어쨌다는 거야? 나는 나오코를 잃었어.

_《상실의 시대》 중●

무라카미 하루키의 대표작 《상실의 시대(원제 : 노르웨이의 숲)》의 내용 중 일부다. 주인공인 와타나베는 외진 해변에서 술에 취한 채 밀물과 썰물을 번갈아 바라보며 사랑하는 여인 나오코의 죽음에 대해 곱씹는다. 그러다가 자신을 도우려는 타인에게도 살인충동을 느낄 정도로 어두운 감정에 다다르는데, 소설 내내 무던하고 평온했던 그가 격한 감정 상태를 드러내던 게 꽤 충격적이어서 오래도록 기억에 남아 있다. 그만큼 그가 누군가를 죽이겠다는 다짐이, 진심으로 와 닿았다.

죽음이 내 근처에 머물고 있다고 상상해보자. 두렵고 꺼림칙한 기분이 들 것이다. 만약 내가 그것의 형체를 볼 수 있고 죽음 역시 초점 없는 공허한 눈으로 나를 바라보고 있다면 정상적인 일상을 살아가기 어려울 것이다. 그만큼 죽음은 우리에게 있어 피하고 싶지만 피할 수 없는, 막연하고 절대적인 존재다.

그럼에도 우리는 죽음을 다루는 표현을 곧잘 사용한다. "아~ 힘들어 죽겠네."라고 말하기도 하고, "맛이 죽인다!"라고 감탄하기도 한다. 가까운 관계에서는 "죽을래?", "아오 죽어버려~"와 같은 말도 편하게 주고받는다. 요즘엔 귀여운 아기나 애완동물의 영상 게시물에서도 죽음을 다루는 댓글들이 등장한다. "뭐가 귀엽다는 거죠? 저는 잘 모르…." 너무 귀여워서 댓글을 완성하지 못하고 심장마비로 죽은 것이다.

그토록 무서운 죽음을 이토록 편하게 뱉을 수 있는 이유는 '죽음'이라는 것이 진지하게 볼수록 더 또렷하게 보이는 반면, 가볍고 편하게 대하면 그만큼 형체가 희미해지기 때문이다. 예컨대 그것이 시공간적으로 가깝게 존재하는 장례식장에서는 고의로 농담을 하거나 웃는 문화가 있을 정도로 그 무게가 무겁게 느껴지기도 한다. 가까운 사람의 죽음은 그 자체로서의 충격과 동시에 '누구에게나 예외 없는' 죽음을 다시 생각하게 한다.

이처럼 죽음과 강하게 결부시키는 말이나 생각은 그만큼 대상을 죽음에 근접한 감정에 이르게 하는데, 이는 타인을 향하는 말에도 적용될 수 있다. 진지하게 누군가를 죽음과 결부시키는 것만으로 그 무게감을 느끼게 하는 것이다.

온몸의 털이 곤두서는

죽어버릴 거야

❶ 말 그대로야.

이 말은 가볍게 뱉을 때나 진지하게 뱉을 때나 표면적 의미는 크게 다르지 않다. 죽이겠다, 라는 말이다. 다만 때에 따라서는 '죽이고 싶을 만큼 농담이 재미없다.'라는 의미로 쓰일 수도 있을 것이고, 부모의 원수를 목전에 두었다면 그 자체로 순도 높은 진심이 된다. 어떤 상황에 뱉는가에 따라 상대가 감당할 죽음의 농도가 달라지는 셈이다. 만약 서로에 대한 원망이 극심한 상황에서 이 말을 뱉는다면 어떻게 될까. 그만큼 가까운 죽음의 그늘을 상대방에게 드리우는 것이다. 설령 속으로 100퍼센트 진심이 아니더라도 대화의 상황 자체가 심각하다면 상대방에겐 충분히 실제적으로 다가갈 수 있다. 심각성이 최고조인 순간에 뱉는다면 보게 될지도 모른다. 죽음의 형체를.

앞 단원에서 언급했듯, 인간은 의미를 찾는 동물이다. 의미를 찾는 것이 인간의 생애라고도 할 수 있겠다. 그런데 생명이 꺼지면 더 이상 의미를 찾을 수 없다. 따라서 죽인다는 건 (나로 인한 존재 가치뿐만이 아닌) 상대방의 모든 존재 자체를 없애겠다고 선언하는 말이다. 따라서 이 말은, 다른 존재에게 할 수 있는 가장 공격적이고, 미운 말에 속한다.

자신을 죽이겠다는 타인을 수용할 수 있는 사람이 얼마나 될까. 혹여 상대방이 현재의 갈등을 해결할 마음이 있었다고 한들 이 말로 인해 의지가 꺾일 수밖에 없다. 이 표현이 담고 있는 의지가 더 강하게 들리기 때문이다.

참고   "눈앞에 음식이 있을 때 다릅니다."

한 학자는 인간과 동물의 차이를 이렇게 말했다. 동물은 본능의 지배하에 살아가기 때문에 눈앞의 음식을 무조건 먹으려고 하는 반면, 인간은 그렇지 않다는 것이다. 동물에겐 '먹지 않는다'는 선택의 여지가 존재하지 않는다. 주어진 환경 내에서 가장 강한 자극을 좇게 된다. 본능으로부터 자유롭지 않다.

하지만 인간은 이성을 갖추며 조금 다른 모습을 갖게 되었다. 음식이 눈앞에 있어도 다른 선택을 할 수 있는 것이다. 저마다의 이유도 다양하다. 내 음식이 아니기 때문에, 당장 먹고 싶지 않아서 혹은 건강을 위해서. 인간은 본능으로부터 자유롭다.

결국 자유란 대단한 반전이나 결과가 아닌, 그저 '잘 멈추는 일'이기도 하다. 튀어나오는 말을 무작정 뱉지 않는 것, 아니다 싶은 그것을 잘 멈추는 것. 그것이 우리가 자유로운 인간으로 남을 수 있는 방법 아닐까.

죽여버릴 거야

....

파괴력: ★★★★★

지속성: ★★★★★

무책임: ★★★★★

● 《상실의 시대》, 무라카미 하루키 지음, 유유정 옮김, 문학사상사, 2000.

죽어버릴 거야

싫으면 내 말대로 해

드라마의 한 장면이었다. 어떤 남성이 한강다리에 위태롭게 매달려 있었고, 주변을 행인들이 에워싸고 있다. 구조대원이 다가가려 하자 그가 뛰어내릴 듯 위협하며 외친다.

"미숙이 오라고 해!!"

얼마 뒤 미숙으로 예상되는 여성이 도착해서는 애처롭게 울며 발을 동동 굴린다. 아마도 둘은 얼마 전 헤어진 사이인 듯했다. 남성은 자신과 결혼해주지 않으면 뛰어내리겠다고 했고, 모여든 사람들은 그녀의 답변을 기다렸다. 마침내 미숙은 그의 목숨 건 프로포즈를 받아들였다. 남성이 조심스레 난간을 넘어와서는 비틀거리며 그녀에게 다가왔고, 둘은 와락 껴안으며 뜨거운 눈물을 흘

온몸의 털이 곤두서는

린다. 주변은 뜬금없이 박수를 쳤다. 감동적인 배경음악이 흘러나왔다.

당시 꽤 어린 나이였는데도 불구하고 그 장면이 무척 작위적으로 느껴졌다. 그래, 사람 목숨 살린 건 잘했어. 그런데 저 여성은 충분히 생각하고 프로포즈를 받아들인 걸까. 진심이었을까. 상황의 압박으로 선택한 거라면 앞으로 잘 지낼 수 있는 걸까. 만약 또 헤어지면, 저 남성은 더 높은 곳으로 올라가야 하는 걸까.

갈등을 가장 빠르고 확실하게 해결하는 방법은 상대방에게 중요한 것을 손에 꽉 쥐고 엄포를 놓는 것이다. 그래서 처음엔 관계의 존속 여부를 쥐고 흔들려 한다. 중요한 것이기 때문이다. 한데 그것은 상대방에게도 동일한 크기의 소유권이 있다. 결국 내가 확실한 권한을 가지면서 상대에게도 중요한 것을 걸기 시작한다. 나 자신이다.

한강다리 커플의 지난 시간을 상상해보자. 남성도 어느 날 갑자기 그렇게 극단적으로 자신을 베팅하지는 않았을 것이다. 처음엔 '네가 나를 힘들게 해서 입맛이 없다.' 정도의 가벼운 시도였다. 그렇게 한두 번, 자신을 빌미로 좋은 결과를 얻자 점차 그 강도는 강해졌다.

"됐고. 나 회사 안 갔어."

"왜? 그렇게 무단으로 안 가면 큰일 나는 거 아니야?"

"네가 이렇게 나오는데 회사가 문제야?"

"아니… 그래도 회사는 가야지."

이런 식의 화법을 사용하면 한 방에 상황의 우위를 점할 수 있다. 감정이 고양되어 험한 말을 주고받던 상대방도 예상 밖의 상황에 주춤하기 마련. 걱정의 댐이 범람하여 뜨거웠던 지면을 식혀주고, 잠시 꺼두었던 보호본능이 깨어난다. 그렇게 혹여 사랑하는 이가 다치게 될까 태도를 바꾸게 되는 것이다.

하지만 인질극에도 약발이라는 게 있다. 반복적인 경험은 상대방에게도 익숙한 패턴이 되었고, 남성은 떨어진 약발을 넘어서기 위해 그 수위를 높여갔다. 초반에는 사소한 일탈 수준이었지만, 점차 그에게도 매우 중요한 일들을 과감하게 포기하면서 소위 '한다면 하는' 자신을 보여주는 것이다. 그리고 역시나, 공격성의 끝에는 그 녀석이 기다리고 있다.

죽어버릴 거야

이렇게 해서라도 너를 내 뜻대로 할 거야.

죽음에 대한 표현이 상황의 농도에 따라 달라지는 것은 앞 단원의 내용과 크게 다르지 않다. 그 대상이 자신일 뿐이다. 따라서

온몸의 털이 곤두서는

이 말은 관계를 붙잡기 위해 던질 수 있는 가장 강력한 표현이다. 하지만 아이러니하게도, 관계의 끝을 가장 분명하게 증명하는 말이기도 하다.

내가 보았던 장면에서는 이 말로 인해 남성이 원하던 바를 얻었다. 하지만 어렸던 나이에도 느꼈던 묘한 이질감처럼, 남성이 얻은 결말은 현실과 많이 동떨어져 있다. 이 말을 뱉었다는 건 이보다 가벼운 모든 것들을 이미 걸었었다는 의미이기 때문이다.

상대방은 오래전부터 이 관계를 끝내려 시도했을 것이다. 설령 드라마의 여성처럼 상황에 눌려 혹은 상대를 위해 관계를 다시 시작한다고 해도 그것이 정상적으로 유지되기 어렵다. 가장 소중한 존재인 자신을 이토록 험하게 다루는 사람은 (아무리 좋아한다고 한들) 타인에게도 마찬가지로 행동할 가능성이 높기 때문이다. 스스로에 대한 사랑을 회복하는 것이 먼저다. 그리고 적어도 이 관계에서는 그 회복을 하기 어렵다.

주의 사항 | 나를 파괴할 권리는 나에게만 있다. 그러나 나를 파괴해서 얻을 수 있는 것은 없다. 말 그대로 내가 파괴되는 일만 일어나기 때문이다. 마찬가지로 나를 관계의 인질로 삼는 것도 의미가 없다. 설령 운 좋게 상대를 붙잡는다고 해도 자신을 파괴할 권리가 자신에게밖에 없듯, 자신의 파괴를 빌미로 얻을 수 있는 것도 자신밖에 없다.

참고 I   관계를 유지하기 위한 수단으로 위와 같은 말이 효과적이지 않다는 의미다. 만약 당신이 당장 내일 하루라도 더 살아갈 마음이 없어졌다면, 누구에게든 말하는 것이 말하지 않는 것보다 낫다.

참고 II   과연 인생은 희극일까 아니면 비극일까. 행복이란 게 꼭 나만 비껴가는 것처럼 느껴진다면, 영화 〈미스 리틀 선샤인〉 속 가족을 보자.

이 영화는 일곱 살 어린 딸의 미인대회에 참가하기 위해 일가족이 낡은 소형 버스를 타고 가는 과정을 보여준다. 이들을 보고 있자면 삶의 비극이 얼마나 기별도 없이 몰아치는지 알 수 있다. 극의 초반부터 위태로웠던 이 가정은 일곱 살 막내딸의 미인대회로 가는 여정에서 한 명 한 명 극단으로 치닫는데, 심지어 할아버지는 여행 도중 헤로인을 과다 복용하여 생을 마감한다. 자살시도를 한 게 이 외삼촌에, 파일럿이 되겠다며 9개월간 입을 닫고 있던 오빠는 자신이 색맹임을 알고(색맹은 공군 자격이 되지 않는다) 날뛰고, 승리와 성공만을 외치던 아버지는 중요한 계약이 파기되어 쓰디쓴 패배감을 맛본다. 트렁크에 할아버지의 시신을 싣고, 감당 불가의 상황들을 안은 채 시동도 안 걸리는 소형 버스를 밀고 있는 이들을 보고 있

온몸의 털이 곤두서는

자면, 그래, 삶은 비극이 맞다.

가까이서 보면 비극이랬다. '부모됨의 역설parenthood paradox'
이라는 말이 있다. 결혼과 육아가 행복 수준을 높일 것이
라는 예상과 달리 오히려 그것을 감소시키는 현상을 의
미한다. 얼핏 생각하면 틀린 말이 아닌 것 같기도 한데,
막상 그것을 실제 수치로 확인하면 느낌이 다르다.

생애사건	스트레스
배우자의 사망	100
이혼	73
가족/친척의 사망	63
감옥살이	63
자신의 부상/질병	53
결혼	50
해고	47
부부간의 화해	45
가족의 건강문제	44
임신	40
성적인 장애	39
새로운 가족(육아)	39
경제적 어려움(파산)	38

이 표는 살면서 겪을 수 있는 여러 사건들에 대한 스트레스(고통) 수준을 나타낸다. 배우자의 사망으로 인한 고통을 100이라고 할 때, 결혼이 50, 부부간의 화해가 45나 된다. 행복해야 할 사건이 고통을 생성하는 것도 의아한데 심지어 그 수준이 파산이나 가족의 건강 문제보다 높다. 뭔가 어긋나 이혼을 택하게 되면 감옥살이나 가족의 사망보다 높은 고통을 감당해야 할지도 모른다.

이런 수치만으로 보면 결혼 후의 삶은 비극이나 다름없다. 애초에 시작하지 않는 게 합리적인 판단인 셈. 그럼에도 왜 이런 불행한 선택들을 하는 걸까. 고통을 즐기기 때문에? 설마.

이 가족을 보고 있으면 그 이유를 알게 될지도 모른다. 발생하는 사건들만 나열하자면 1초에 스무 번씩은 멘탈이 무너져야 정상. 아무것도 하지 말고 숨만 쉬라고 해도 힘들 것 같은 상황 속에서, 이들은 일어났던 사건에 비해 다소 사소한 일들조차 따져보고 걱정하며 나아가는 모습을 보인다. 아버지가 돌아가셨는데 딸의 미인대회가 왜 중요할까.

끝끝내 이 괴상한 가족은 미인대회에 도착하고야 만다. 무대에 오른 올리브는 어린이 대회에는 맞지 않는 과감한 춤사위를 펼친다. 사회자가 제지하려 하자 아빠도 올

온몸의 털이 곤두서는

라가서는 막춤도 아닌 그 어떤 동작을 반복한다. 오빠도, 외삼촌도 올라가서 결국 대회를 망쳐버린다. 이들 모두 경찰서에 간다.

대회 장면만을 본다면 이들은 갈 데까지 간 막장+민폐 가족이다. 하지만 자살기도를 했던 남동생을 찾아가던 첫 장면부터 그 시간을 쭉 따라와보면 묘하게도 이들의 모습이 낯설지가 않다. 제대로 풀린 일이 하나도 없는데 딱히 마지막이 아닌 것 같은 느낌, 뭔가 더 이어질 것 같은 연속성은 더 큰 행복이나 불행에 대한 서사가 아니었다. 만약 그랬다면 이 영화는 가장 큰 불행인 할아버지의 죽음이 모든 사건을 뒤엎어 장례를 치르며 끝났을 게다.

모든 사건에서 의미가 발생했다. 각자가 가진 삶의 목표와 실패, 돌아가신 할아버지와 손녀의 관계 그리고 일곱 살 소녀의 남은 인생이 갖는 가치. 긴 시간 동안 여러 사건들을 통해 발생한 의미들의 합, 그들은 영화가 끝나는 순간까지도 덤덤하게 그것을 좇고 있었다.

낯설지 않았던 이유. 그게 결국 삶이어서가 아닐까.

멀리서 보면 희극이랬다. '부모됨의 역설'은 그 선택을 할 필요가 없다는 것을 설명하기 위한 개념이 아니다. 왜 선택을 하는가에 대한 고찰이다. 우리의 삶을 행복과 고통의 단순 합산만으로는 설명할 수 없다는 것이다.

최근 뇌과학 연구에 따르면, 인간이 어떤 결정을 하기 약 10초 전에 이미 그 결과가 뇌파로 확인된다고 한다. 다시 말해 '내가 내렸다고 인식한 그 결정'은 그전에 정해진 결과일지 모른다는 것이다. 이런 관점에서 보면 인간이 최상위 포식자가 될 수 있었던 이유는 다른 종보다 잘 판단하고 선택해서가 아니라, 그저 자신이 경험했던 일을 잘 해석하고 독립적인 의미를 부여할 수 있었기 때문일 것이다.

어떻게 의미 있는 결과를 만드는가보다 이 결과에 어떤 의미를 부여할 것인가가 더 중요할지도 모른다. 그리고 의미를 만드는 일은 누구에게나 허락된다.

그렇다면 오늘도 이렇게 살아가는 이유가 조금 다르게 보인다. 행복이란 게 꼭 나만 비껴가는 것처럼 인생이 수면 아래로 흘러갈 때, 내가 할 수 있는 건 수면 위로 가기 위한 몸부림뿐만이 아니기 때문이다. 지난 시간과 오늘의 경험들이 가지는 의미를 헤아릴 때, 가장 인간에 가까운 존재가 된다. 오늘도 나를 통과하는 일들의 의미를 만들어갈 수 있다.

온몸의 털이 곤두서는

참고 Ⅲ　수술실에 들어간 아이를 기다리며 마지막 문단을 적는다. 이런 순간에야 비로소 삶에서 가장 중요한 것들이 뚜렷하게 나열되는 듯하다. 끝으로 할 말은 이렇다.

이런 진부한 말로 끝내고 싶지 않지만, 진리는 항상 심플하고 이미 아는 말이더라. 그래서 말한다. 당신은 서울대학교 문턱보다 수만 배는 희박한, 매 순간 존재하는 그 낮은 생존 확률을 뚫고 지금 이 순간도 빛나고 있다. 존재 자체로 이미 기적이다.

그러니 일상이 예전만큼 가치 있게 느껴지지 않는 순간이 오더라도 마땅히 하루를 살아가길 바란다. 윤기 나는 삶이 다가오고 있다고는 장담할 수 없지만, 그 자체로 의미가 있었다는 걸 깨닫게 될 날을, 약속한다.

그렇게 긴 시간 끝에 맺힌 한 떨기 의미를 조금은 먼발치에서 되짚어보는 것, 그게 곧 희극 아닐까.

어떤 집에서 살 것인가

1.

상황이 허락된다면 펜을 꺼내 '세상에서 가장 더럽고 끔찍하고 징그러운 장면을 본 사람'의 표정을 그려보도록 하자. 상세하게 그릴수록 좋다. 그림을 그릴 여건이 되지 않는다면 구체적으로 상상해보는 것도 괜찮다.

완성되었다면 다음 장으로 이동!

어떤 집에서 살 것인가

혹시, 그림을 그리면서 그것과 같은 표정으로 얼굴을 구기고 있었다는 걸 알아챘는가.

어릴 적엔 만화가가 되는 게 꿈이었다. 하루는 열중해서 만화를 그리다가 문득 내가 그리고 있는 인물의 감정과 표정을 똑같이 따라 하고 있다는 걸 깨달았다(그 인물이 날 따라한 게 맞는 건가). 나중에 알고 보니 이런 경험은 나만 하는 게 아니었다. 많은 만화가들이 극 중 캐릭터를 그릴 때 자신도 모르게 그 표정을 띠고 있다고 하더라.

미운 말을 다루는 글을 쓰다 보니 처음엔 그것을 듣거나 뱉었을 때의 상황과 감정을 억지스레 떠올렸는데, 나중에는 오히려 그런 흐름에 매몰돼서 긍정적인 태도가 올라오지 않아 혼났다. 마치 내가 만화로 그리던 인물과 하나가 된 것처럼 말이다. 쓰느라 힘들었던 만큼 벗어나는 것도 쉽지 않다.

단순히 그림을 그렸을 뿐인데 표정으로 드러나는 것처럼, 내 안에 어떤 말을 담고 사는가에 따라 나는 점차 그런 사람이 되어갈 수 있다. 그런 나를 누군가는 바라볼 것이다. 시인 엘라 월콕스는 말했다. 웃으면 온 세상이 나와 함께 웃을 거라고.

맞는 것 같다. 세상을 바꿀 힘은 나에게 없을지 모르나 일상을 바꿀 말은 분명히 있다.

에필로그

2.

영화 〈아메리칸 사이코〉에서는 월스트리트의 젊고 잘 나가는 금융인들이 회의 때마다 명함 배틀을 한다. 명함의 서체, 색상, 질감 등을 언급하며 마치 도박 패 뒤집듯 자신의 명함을 번갈아 꺼내고는 최고라고 어필한다. 그날의 베스트 명함 주인은 웃으며 돌아가고, 그렇지 않은 사람은 존재의 가벼움을 느끼며 좌절한다. 심지어 주인공인 베이트먼은 이 과정에서 살인충동까지 느낀다.

《오베라는 남자》에서도 유사한 장면이 나온다. 오베는 먼저 떠난 아내를 따라가기 위해 매일 자살을 시도할 정도로 이승에 미련이 없는 사람이다. 그럼에도 친한 이웃이자 친구가 차를 바꾸면 그 브랜드와 연식에 따라 감정적으로 크게 동요하는 모습을 보인다.

현실에서도 마찬가지다. 멀쩡한 남성도 군대에 가면 (민간인은 전혀 구분하지 못하는) 군복 주름의 수와 모자챙 각도, 군화를 거울로 사용할 수 있는지 따위의 것들에 인생을 걸기 시작한다. 그뿐인가. 어떤 이는 친구가 새로 산 명품이 부러워 밤잠을 설치기도 한다. 뭐든 잘하는데 심지어 외모도 훌륭한 동료를 보고 있으면 힘이 빠진다.

이처럼 우리는 아주 쉽게 근접한 환경의 영향을 받는다. 말 그대로 사촌이 땅을 사면 배가 아파지는 것인데, 원하든 원치 않든

어떤 집에서 살 것인가

우리의 심보가 어느 정도 그렇게 작용하도록 설계되어 있는 것이다. 심리학에서는 이러한 현상을 '이웃효과'라고 한다. 나의 주변에 어떤 사람들이 있는가에 따라 내 삶의 질도 달라질 수 있다.

이 현상을 한번 반대로 생각해보자.

내 주변의 영향을 내가 만들 수도 있다. 그리고 이는 내가 어떤 사람인가에 따라 달라진다. 미운 말을 자주 사용한다면 내 주변도 미운 말로 가득 찰 것이고, 나는 다시 그 영향을 받는 악순환이 반복될지 모른다.

반면에 내가 좋은 말을 담고 살면 주변 역시 그런 환경으로 점차 구성된다. 어떤 지역의 어느 집에서 살 것인가에 대한 고민에 비해 어떤 인격의 사람들과 하루하루 무슨 대화를 하며 살아갈 것인지에 대해선 고민을 덜 하는 경향이 있는 것 같다. 어떤 집에 살지, 선택은 자신에게 달려 있다.

3.

이곳까지 도달한 당신. 그 속엔 미운 말들이 입력되었다. 물론 이 말들이 항상 미운 것만은 아니다. 어떤 사람의 입에서 나오느냐에 따라 매력적으로 비칠 수도 있고, 아무런 오해 없이 온전하게 의미

에필로그

가 전달될지도 모른다. 책을 읽으면서 '이런 식이면 아무 말도 못
하지. 불편해서 세상 살겠나.'라고 생각했을지도 모르겠다.

그럼에도 이런 표현들이 담을 수 있는 여러 의미를 이해하고 사용
하는 것이 많은 오해를 줄여줄 거라고 주장하고 싶다. 그런 시도들
이 우리의 관계를 조금 더 따뜻하게 만들 것이라 기대해본다.

당신이 언젠가 미운 말을 입에 담으려 할 때, 한번쯤 이곳의
이야기들이 떠오르길 바라며, 그렇게 당신의 집이 더 아름다워지
기를 가득 꿈꾸며, 읽어주셔서 감사합니다.

어떤 집에서 살 것인가